AF132121

TENERIFE

Un Guanche ne meurt jamais

Maxime HERMAISSE

TENERIFE

Un Guanche ne meurt jamais

© 2024 Maxime Hermaisse

Édition : BoD · Books on Demand GmbH, In de Tarpen 42,
22848 Norderstedt (Allemagne)
Impression : Libri Plureos GmbH, Friedensallee 273,
22763 Hamburg (Allemagne)

Images : Montse Perez, Culinart, Bing DALL.E & iStock

ISBN : 978-2-3225-4034-1
Dépôt légal : décembre 2024

Avertissement

Cher lecteur,

Il est essentiel de comprendre que ce livre est une œuvre de fiction. Les scènes, personnages, événements et lieux ne sont que le fruit de mon imagination et n'ont aucun fondement dans la réalité. Les ressemblances éventuelles avec des personnes réelles ou des faits passés, présents ou futurs sont purement fortuites.

Ces éléments sont inventés dans le but de créer une histoire fascinante et intrigante. D'ailleurs, les Guanches de la place de la basilique de Candelaria ne se sont jamais réveillés, et Christophe a une passion inattendue pour le parachute ascensionnel.

Nous vous invitons donc à plonger dans cet univers imaginaire, à vous laisser emporter par le scénario et à savourer chaque page sans chercher à établir des liens avec le réel.

Nous espérons que cette histoire vous apportera divertissement, émotion et évasion.

Bonne lecture !

Maxime

Table des matières

Préambule

Il existe des lieux qui, bien au-delà de leurs traits géographiques, de leurs paysages à couper le souffle ou de leur histoire, parviennent à toucher les cœurs et les âmes de ceux qui les découvrent. Tenerife, cette île aux multiples visages, à la fois majestueuse et mystérieuse, est l'une de ces terres bénies.

C'est ici, dans ce coin du monde baigné par l'océan Atlantique et caressé par les vents, que le récit qui vous est conté a pris racine. Une histoire tissée de passions, d'amitiés solides et de péripéties qui bouleverseront le destin de ceux qui ont parcouru ces sols volcaniques.

Je vous invite à suivre les pas de Thierry, un homme en quête d'aventures, qui a trouvé dans l'île de Tenerife le terrain fertile pour sa sensibilité avide de découvertes. Accompagné par la douce et dynamique Miroslava, les deux âmes sœurs se sont lancées dans une intrigue au-delà de leurs rêves les plus fous.

Avec ses décors enchanteurs et des moments de bonheur partagés, l'île a également divulgué ses secrets les plus anciens, ses mystères insondables et l'essence même de son histoire millénaire.

À travers des liens tissés avec des amis venus de tous horizons, des découvertes étonnantes et des événements inexplicables, la trame de cette histoire révèle une connexion intense entre le passé et le présent.

Entrez dans ces pages, plongez dans les eaux bleues de l'océan et laissez-vous emporter par le courant de cette épopée exceptionnelle, où les chemins de l'amour, de l'amitié et de l'aventure se croisent pour créer une expérience profondément humaine et inoubliable.

Maxime

À Ramon et Aurora
À Saturnino y Carmen

Uait, *le réveil des rois*

Mardi 8 août 2023, la température atteint 34 degrés à l'ombre alors que je me promène dans Santa Cruz, la capitale de Tenerife, pour effectuer des emplettes. Santa Cruz de Tenerife est une ville vibrante et dynamique située sur la côte nord-est de l'île de Tenerife, dans l'archipel des Canaries. Connue pour son port animé, l'un des plus importants de l'Atlantique, la ville est un mélange fascinant de modernité et de tradition.

En vous promenant dans les rues de Santa Cruz, vous pouvez admirer l'architecture coloniale espagnole, avec ses bâtiments colorés et ses places ombragées. La Plaza de España, le cœur de la ville, est un lieu incontournable avec son grand lac artificiel et ses fontaines. Non loin de là, le marché de Nuestra Señora de África offre une explosion de couleurs et de saveurs locales, parfait pour découvrir les produits frais et les spécialités canariennes.

La ville est également célèbre pour son carnaval, l'un des plus grands et des plus spectaculaires au monde, rivalisant avec celui de Rio de Janeiro. Pendant cette période, les rues se remplissent de musique, de danse et de costumes extravagants, créant une atmosphère de fête inoubliable.

Santa Cruz de Tenerife est entourée de paysages naturels époustouflants. À quelques kilomètres de la ville, vous pouvez explorer le parc rural d'Anaga, une réserve de biosphère avec des sentiers de randonnée à travers des forêts de lauriers et des vues panoramiques sur l'océan. Les plages de sable noir, comme Playa de Las Teresitas, offrent un cadre idyllique pour se détendre et profiter du soleil.

En somme, Santa Cruz de Tenerife est une destination qui allie culture, nature et festivités, offrant une expérience unique à chaque visiteur.

Je suis dans la calle del Castillo, sur le point d'acheter mes deux ou trois pots de mojo picón et mon kilo de gofio, quand la sonnerie de mon téléphone me fait sursauter. C'est mon ami Tibo, l'alcalde de Candelaria, qui m'appelle :

— Viens vite me voir à la mairie, m'implore-t-il d'une voix inquiète.

Si le premier édile de Candelaria me prie de cette manière, c'est que cela revêt une certaine importance. Je fonce à ma voiture. Je démarre le moteur de cette bonne vieille Seat Ibiza 2.0 Tdi de 2013, pour rejoindre l'ayuntamiento et, quinze minutes plus tard, je suis devant sa magistrale entrée en forme d'arc de cercle. Une employée m'attend et me conduit immédiatement devant la porte du bureau de Tibo. Je frappe. Une voix, ma foi bien agréable, me suggère d'entrer. Je suis captivé par la curiosité et, en même temps, je cherche à comprendre ce qui peut bien le pousser à me solliciter de manière si pressante et énigmatique. Je franchis le seuil et je m'introduis dans la pièce. Mon sang se glace. Je me retrouve à la fois subjugué par sa présence imposante et inquiet de le voir ici, là auprès de moi. Je n'ose ni bouger davantage ni dire un mot. Dans un fauteuil, en face de moi, est assis Acaymo.

Ses yeux perçants semblent fixer l'horizon, mais il tourne son regard vers moi quand je m'installe à ses côtés. D'une voix tremblante et intimidé par cette visite inattendue, je balbutie quelques paroles :

— Je suis honoré de te rencontrer.

En même temps, et furtivement, mes connaissances historiques sur cette époque rejaillissent de mon cerveau embrumé.

C'était un grand roi Guanche du Menceyato de Tacoronte, un valeureux Mencey qui s'opposa farouchement, en compagnie de Beneharo et Bencomo, à la conquête espagnole. À la fin du XIVe siècle, ils ont participé à des affrontements, y compris certains sur leur propre territoire, tel que le massacre d'Acentejo. Et c'est au printemps 1496, après des combats acharnés et un enchaînement de défaites, qu'Acaymo se rendit à Alonso Fernández de Lugo lors de la « *Paz de Los Realejos* ».

Acaymo sourit d'une manière bienveillante et m'adresse la parole d'une voix grave et apaisante :

— Je conçois que cela puisse sembler étrange, mais je me trouve ici pour une raison bien particulière. Les temps se sont métamorphosés depuis mon règne, et nous éprouvons la nécessité d'apporter des changements pour notre peuple. Les températures sont devenues extrêmes et tous ces touristes qui nous prennent en photo sans respecter notre intimité, c'est insupportable. Nous ressentons l'obligation d'améliorer les conditions de vie de notre ethnie.

Je hoche la tête, comprenant l'importance de ses préoccupations. Je lui demande :

— Comment est-ce que j'peux t'aider, qu'est-ce que j'peux faire ?

Tibo réagit :

— En attendant ton arrivée, j'ai pensé à plusieurs solutions faciles à mettre en œuvre. En premier lieu, nous pouvons nous engager à préserver l'intimité des neuf rois en interdisant la prise de photographies de 14 heures à 16 heures. Deuxièmement, pour leur donner un peu de plaisir, nous pouvons leur proposer deux heures le matin, pour qu'ils se délectent d'un bon bain de mer. Et troisièmement, chaque dimanche, ils pourront se rendre dans n'importe quel Guachinche, et le municipio aura en charge l'intégralité de leur repas.

Acaymo nous regarde perturbé. Il prend la parole :

— Gracias tio, pero bueno ! C'est une belle avancée pour nous les Menceys, malheureusement ça n'arrange en rien la vie des Tinerfeños y Tinerfeñas.

Mon expression faciale signifie clairement mon approbation envers les propos du grand roi. Tibo intervient rapidement :

— Je sais bien que ce n'est pas la panacée, mais l'avenir de Tenerife ne dépend pas que de moi ; ces problèmes relèvent d'une autre ampleur, d'une dimension politique.

Acaymo reprend :

— Il n'y a pas très longtemps, un grand chef d'une contrée lointaine a dit : « *Ne vous demandez pas ce que votre pays peut faire pour vous, demandez-vous ce que vous pouvez faire pour votre pays.*[1] » Je vais réunir les rois pour discuter des sages décisions qui s'imposent. Tibo, j'ai pris en note tes trois propositions et leur adoption par le Conseil Suprême des Guerriers Chicharreros semble très probable.

L'entrevue se termine par une accolade amicale et chaleureuse.

Je raccompagne Acaymo sur la place de la basilique Nuestra Señora de la Candelaria. Je lui promets de venir le voir aussi souvent que possible, voire même de me rendre un dimanche dans l'un de ces restaurants typiques du nord de Tenerife.

Ce que je ne savais pas encore, c'est que la résurrection des Guanches allait provoquer un déferlement de péripéties sur l'île.

Le lendemain matin, je m'éveille. J'ai mal dormi et je repense à cette rencontre improbable.

Je me remémore cette scène onirique, pendant que mon café qui me revivifie lentement m'attire vers la réalité. J'ai bel et bien discuté avec Acaymo.

Je me prépare, car un énorme volume de travail m'attend. Ah oui ! Je ne me suis pas présenté. Je m'appelle Thierry, j'ai 42 ans, je vis dans le sud de Tenerife depuis le début des années 2010, quelque part entre Los Gigantes et Adeje. Je dirige une société d'animation tournée vers l'aventure. J'organise des raids en quad, des sorties en mer à bord de jet ski, des sauts en parachute, des plongées subaquatiques, des journées d'escalade, du parapente, du canyoning, des randonnées, et encore bien d'autres activités.

En bref, tout ce qui stimulera votre adrénaline pour atteindre des niveaux extrêmes. J'adore mon job. J'admets que j'ai passé onze ans au service de la France dans le 21e régiment d'infanterie de marine basé à Fréjus, ceci explique peut-être cela. Mon expérience dans ce régiment a probablement contribué à ma passion pour l'aventure et les fortes émotions, que je partage maintenant avec ma clientèle. À chaque instant, je leur offre des moments inoubliables et les pousse hors de leur zone de confort, tout en leur faisant découvrir les beautés de Tenerife. Ma journée de travail débute entre réunions, préparations d'excursions et coordination de toutes les activités à venir.

Malgré l'agitation, l'image d'Acaymo et de sa revendication pour améliorer les conditions de son peuple me hante. J'essaye de la chasser provisoirement. Je m'installe à mon bureau pour consulter mes emails.

Timoteo, le directeur du Parc Ethnographique des Pyramides de Güímar, m'en a envoyé un. Il me demande de venir le voir dès que je trouverai un moment. C'est une sensation de déjà-vu. Je gère mon travail urgent, réponds à deux ou trois clients, je briefe mon équipe et je pars en direction de Güímar. J'ai hâte de savoir la raison pour laquelle Timoteo souhaite me rencontrer.

À 17 h 30, la charmante hôtesse, Dayara, me reçoit. Visiblement, elle est avertie de mon arrivée imminente, car dès que je franchis les portes du hall de la réception, elle est là à me guetter :

— Holà Señor Thierry. Le directeur vous attend, je vous accompagne.

Je la suis d'un pas cadencé. Timoteo se trouve sur le site et il m'accueille à son tour :

— Je souhaite te montrer quelque chose. Pour être un peu plus tranquille, nous allons patienter et attendre que tout le monde soit parti et que les issues soient fermées.

J'approuve son choix. À 18 heures, les derniers visiteurs ont quitté l'endroit qui est maintenant désert. Nous nous dirigeons vers le monument le plus à l'ouest. Timoteo ne dit rien et je me mets dans ses pas en silence. Il m'invite à monter au sommet de la pyramide. Nous entamons notre ascension et parvenons là-haut en sept minutes.

Le panorama me coupe le souffle en admirant le soleil couchant qui embrase le ciel au-dessus de l'horizon. Timoteo me toise avec un sourire mystérieux :

— Regarde attentivement, mon ami. Tu vois quelque chose de particulier ?

Je scrute les alentours et remarque une inscription sculptée dans la pierre. Elle semble ancienne, néanmoins remarquablement lisible. Mes yeux parcourent les lettres et les mots, et mon cœur s'emballe quand j'examine ce message gravé.

Suis les traits de feu.
Lance-toi dans la paix au Puits de Sérénité.
Sauve notre héritage et guide notre peuple vers
un avenir meilleur.
Écoute les échos du passé, agis dans le présent,
et le futur trouvera son harmonie.

Timoteo m'observe avec sérieux et me dit :

— Cette inscription ne figurait pas là encore hier soir. Nous avons vérifié tous les enregistrements de surveillance vidéo. Je n'ai constaté aucune effraction. Je n'y comprends rien. C'est à toi de jouer, mon ami.

— Mais pourquoi moi ?

— J'ai reçu un WhatsApp ce matin. Regarde.

Aidez-nous !
Tu dois appeler Thierry !

— Le numéro de téléphone ne correspond à rien. Je ne saisis pas.

— Moi non plus.

— Tu es lié à quelque chose de grand, quelque chose qui a commencé bien avant toi.

— Ouh là !

Après avoir débattu et échangé nos opinions pendant plus d'une heure sur ces étranges énigmes, je me vois contraint de prendre congé de Timoteo. Je suis partagé entre la peur de l'inconnu et la surprise de me retrouver au cœur d'une énigme inattendue. Je retourne à mon office avec la seule photo de cette inscription. J'ai beau la lire dans tous les sens, la scruter de près, je n'en comprends vraiment pas la signification. C'est sans doute un message qui nécessite un décryptage.

La soirée s'installe doucement et la lumière du jour cède la place à l'obscurité. Je reste immergé dans mes pensées. Assis devant mon bureau, je tente de relier les points pour en clarifier les indices. Mon expérience militaire me pousse à envisager des solutions, à déchiffrer les mystères qui s'entremêlent. Je parcours les bibliothèques en ligne et me plonge dans les récits anciens. Je cherche des relations entre Acaymo, les pyramides de Güímar et la mission qui m'a été confiée.

Les heures s'écoulent, mais la signification reste insaisissable. C'est comme si j'étais en train de résoudre un arcane complexe, un secret dont les pièces sont disséminées dans le passé et le présent de Tenerife. Mes enquêtes me mènent à des écrits sur les traditions des Guanches, sur les liens entre leurs croyances et les monuments énigmatiques de Güímar. Des références à des messages gravés dans la pierre et destinées à être découverts par ceux qui sauraient les interpréter.

Soudain, une compréhension éclairante me traverse l'esprit. Je réalise que l'inscription sur la pyramide n'est peut-être pas qu'un simple signal. Peut-être une invitation à relier les points entre le passé et le présent, à agir pour le bien-être de la peuplade Guanche. Les mots me reviennent en mémoire :

Écoute les échos du passé,
agis dans le présent,

et le futur trouvera son harmonie

Tout devient subitement plus clair dans mon esprit. Je réalise que ma passion pour les aventures à sensations fortes et mon entreprise dédiée à l'adrénaline ont servi de préparation pour quelque chose de bien plus profond. Je suis destiné à jouer un rôle dans cette mission, à apporter un changement positif pour les Guanches et leur héritage. Avec un nouveau sentiment de détermination, je referme mes recherches et regarde la photo de l'inscription. Je ne me sens pas encore prêt à appréhender tous les détails, malgré cela une chose reste certaine : je vais agir, je vais comprendre le moyen de répondre à l'appel de cette ambition. Mes antécédents militaires, mes compétences en aventures à sensations fortes et mon affection pour Tenerife se combineront pour créer un futur où les Guanches pourront trouver leur place dans le monde moderne sans sacrifier leur identité.

Smetti, *l'excentrique de Marazul*

Jeudi 10 août. Aujourd'hui, je m'autorise une petite sortie avec ma compagne. Permettez-moi de vous la présenter. Elle se prénomme Miroslava. À l'âge de 35 ans, elle incarne une véritable Canarienne, fière de ses racines, et la nature n'a pas oublié de façonner sa pure beauté. Douce, gentille et solidaire, elle me soutient dans mon entreprise. Miroslava est avocate dans un cabinet de Santa Cruz et c'est une femme qui m'inspire et m'apporte un équilibre précieux dans ma vie.

Ce midi, je l'emmène déjeuner chez mon ami Yo. Il tient un restaurant situé à Marazul, un complexe hôtelier à Callao Salvaje. C'est un havre de paix qui propose un panorama imprenable sur l'océan d'un côté et le majestueux Teide de l'autre. Le bâtiment s'étend sur plusieurs hectares, ce qui lui offre un écrin de tranquillité où le temps semble ralentir.

Nous arrivons, Ali, son associée, nous accueille :

– Coucou mon Thierry.

— Holà guapa.

J'en profite pour me diriger vers le bar pour aller saluer mon ami Mo que je n'ai pas vu depuis belle lurette.

— Holà Mo. Comment tu vas ?

— Salut Thierry. Bien, bien ! Je m'occupe toujours de mes whiskys.

— On se voit un de ces quatre, on s'organise une bonne table.

— Ouais, je t'appelle.

Le bruit des vagues en fond sonore et la brise marine apaisante créent une ambiance idyllique. Nous nous installons de telle manière que nous puissions mirer la piscine. Yo vient à notre rencontre.

— Bonjour Yo, alors qu'est-ce que tu nous as mijoté aujourd'hui ?

— Plein de petites choses, me dit-il.

Il nous tend le menu qui met en valeur les saveurs locales. Miroslava opte pour du poisson frais, tandis que je choisis une entrecôte grillée et des légumes du terroir. Le repas se déroule dans une atmosphère sereine, ponctuée de conversations légères et de regards échangés.

Notre dégustation touche à sa fin et j'en profite pour raconter à Ali ce qui m'est arrivé ces derniers jours. Je partage mon récit à voix basse, mais Miquaelo et Caty, qui déjeunent à une table proche, semblent captivés par mes paroles.

Miquaelo, un habitué de Marazul depuis des décennies, ne peut s'éviter d'intervenir :

— J'écoute ton histoire et je ne peux m'empêcher de penser à cet événement que j'ai vécu, ici même, il y a 40 ans. Un homme était venu se perdre, il voulait visiter les sous-sols, les terrasses, il souhaitait parcourir chaque étage de la résidence, s'égarer dans les longues allées des jardins. Ton récit fait ressurgir ce fait. Il était Canarien, très mince et ne dépassait pas un mètre soixante, soixante-cinq. Il avait prononcé ces mots : « *Je cherche les traits de feu et le puits de sérénité.* »

Miquaelo termine en expliquant que tous avaient pris cet homme pour un excentrique. Il a disparu subitement et personne ne l'a revu.

Stupéfié, je me retrouve à nouveau plongé dans cette étrange histoire. Pourquoi Marazul ? Quel est le lien entre Acaymo et ce paisible paradis francophone ?

Nous prenons congé de Yo, Ali, Mo, Miquaelo et Caty, et nous décidons de nous promener dans le complexe hôtelier. Les jardins luxuriants, les sentiers ombragés et les coins de repos offrent une escapade bienvenue. Miroslava et moi sillonnons cet écrin de beauté, main dans la main, partageant des moments de tendresse et d'émerveillement.

— Chérie, j'irai à Candelaria demain matin pour me recueillir auprès d'Acaymo.

— Por supuesto, mi vida, me répond-elle.

Ce soir, les récits de Marazul me hantent et je suis convaincu que l'histoire et le présent se rejoignent d'une manière énigmatique. Je suis prêt à suivre cette piste et à explorer les mystères de Tenerife avec détermination.

Le lendemain, je passe au bureau pour mettre au point une sortie en mer avec un groupe de nos amis anglais. À 9 heures, je suis disponible et je me rends comme convenu à

Candelaria pour me recueillir devant Acaymo. Je gare mon automobile sur le parking près de la basilique. Je me tiens à quelques mètres du Mencey. Je m'approche presque religieusement. Me voilà à son piédestal. Je le regarde, je lui parle, mais il ne me répond pas. Je passe plus d'une demi-heure à essayer de lui extorquer une parole, en vain.

Je me résigne, et avant de retourner à ma voiture, je caresse doucement un de ses pieds en guise d'adieu. Et si tout n'était qu'un mauvais rêve ?

Subitement, il s'anime. Il penche sa tête dans ma direction et me dit :

> — Tu arrives au bon moment, il est bientôt l'heure pour moi de me baigner dans la mer.

> — Acaymo, j'ai besoin de ton soutien. Je ne comprends pas ma part à jouer dans toute cette histoire.

> — Je ne peux pas t'aider maintenant. Dimanche prochain, nous allons tous déjeuner, comme prévu, dans un Guachinche. Viens à 13 heures à La huerta de Romulo y Belen, c'est l'un des meilleurs Guachinches de La Orotava. Nous y serons tous les neuf, et là, nous pourrons te révéler un grand secret.

> — Pourquoi moi, quel rôle est-ce que je joue dans cette histoire ?

— Tu crois que ta présence est un hasard ? Tu t'imagines que tu es à Achinech par hasard ? Tu penses vraiment que tu es dans cette aventure par hasard ? Tu crois que la vie n'est qu'une succession de hasards ? Sois dimanche prochain chez Romulo y Belen.

Ses mots m'apportent une lueur d'espoir. Je prends note de l'invitation et je quitte Candelaria avec une nouvelle énergie. Le mystère qui entoure Acaymo et les rois Guanches semble s'épaissir, mais maintenant, une date pourrait donner un sens à cet arcane. Mon esprit se remplit de projections et d'attente pour cette rencontre, où peut-être, des réponses tant recherchées seront révélées.

Nous sommes le samedi 12 août, et je me dirige vers mon agence. J'y suis à 7 h 45. Un groupe de six touristes belges est sur le point d'arriver. Aujourd'hui, nous allons visiter le Teide. Je leur ai préparé une belle escapade. À 8 heures, tout le monde est à sa place. Je les accueille avec un café frais, du thé et quelques gourmandises. La voiture est chargée. Nous partons. Je prends l'Autopista del Sur à Adeje, je sors à Las Americas puis j'enquille la TF28, direction les montagnes et le parc national du Teide. Mon groupe dégage une atmosphère sympathique, en tout cas, il a un bon sens de l'humour, et j'apprécie cela. La journée s'annonce pleine d'opportunités excitantes.

Nous avons de la chance, le temps apparaît d'une splendeur remarquable. Notre ascension nous offre un spectacle à couper le souffle à la vue de ces horizons montagneux, de ces interminables forêts de pins canariens et de ces champs de lave époustouflants.

Nous faisons notre premier arrêt à Vilaflor de Chasna, un village perché à une altitude d'environ 1500 mètres au-dessus du niveau de la mer. Le Teide, que nous visiterons plus tard, domine le paysage. Vilaflor se distingue par sa configuration traditionnelle canarienne, caractérisée par des maisons blanches aux toits de tuiles et des rues étroites et sinueuses. L'église paroissiale de San Pedro est l'un des points d'intérêt architecturaux du pueblo.

Nous reprenons la route.

— Sur votre droite, vous pouvez apercevoir l'entrée pour accéder aux Paisajes Lunares. N'hésitez pas à me demander, car j'organise également des randonnées là-bas.

Plus que quelques dizaines de mètres et nous faisons face à El Pino Gordo. Du haut de ses 45 mètres et avec une circonférence de près de dix mètres, ce pin des Canaries - Pinus canariensis - supplante fièrement la vallée boisée qui s'étend devant nous.

— Allons, mes amis, il est certes magnifique et majestueux, mais nous avons encore beaucoup de choses à voir.

Nous arrivons maintenant dans le parc national du Teide. Nous faisons plusieurs haltes aux miradors qui s'offrent à nous. Ce parc est un endroit extraordinaire qui propose des paysages spectaculaires et un environnement unique. C'est un must pour les amateurs de nature et d'aventure. On peut y trouver, entre autres, des plantes telles que des tajinastes, des codesos et des lézards endémiques.

Le Teide devient de plus en plus majestueux à mesure que nous nous en approchons. Après avoir capturé plusieurs centaines de photos, nous arrivons finalement au pied du volcan. Nous y sommes un peu avant 11 heures.

Nous prenons notre temps pour admirer la vue depuis le mirador de la Ruleta, puis nous nous dirigeons vers le bar de l'autre côté de la route pour nous délecter d'un café. Ah, non ! Angie préfère une liqueur de mangue.

> — Allez, Jessy ! On y go. Le téléphérique n'attend pas.

La cabine démarre à 12 h 40 pile, et en seulement huit minutes, nous sommes transportés à une hauteur de 3 555 mètres au-dessus du niveau de la mer. Le spectacle qui se présente nous propose un divertissement tout simplement prodigieux. Quelques couches de nuages créent une atmosphère éclatante d'une limpidité inégalée. Plus loin, l'horizon infini de l'océan s'étend à perte de vue, offrant une vue à couper le souffle sur Gran Canaria.

Grâce à l'altitude élevée et à l'absence totale de pollution lumineuse, la voûte céleste dévoile toute sa splendeur. Elle arbore un bleu profond et une pureté exceptionnelle, transformant ce moment en un véritable festin pour les yeux. C'est un privilège rare de contempler un ciel aussi clair et limpide, une expérience qui restera gravée dans leurs mémoires.

> — Allez, Jessy ! On y va, on redescend. Le téléphérique n'attend pas.

Nous reprenons notre véhicule et nous nous engageons sur le trajet du retour. En cours de chemin, nous décidons d'effectuer une halte pour déjeuner dans l'un des restaurants qui se trouvent sur notre itinéraire. Après un repas convivial, nous nous dirigeons vers la voiture pour la dernière ligne droite. Tiens, il manque Jessy. Il arrive, il court, il crie :

— Alors, on n'attend pas Jessy ?

Nous reprenons la route et à 17 heures, nous sommes de retour à l'agence. Mes clients prennent congé et me remercient courtoisement pour cette expérience exceptionnelle.

À 19 heures, je suis chez moi. Miros patiente. Elle est plongée dans la lecture de l'un de ses passionnants romans d'aventures, qu'elle affectionne tant. Je la serre dans mes bras. C'est tellement agréable de la retrouver.

— Amor, j'ai eu une journée bien chargée. Ça te dirait d'aller dîner chez Jérôme ce soir ?

— Bien sûr, mi vida.

J'appelle mon ami Jérôme et lui réserve une table pour 20 h 30.

Vingt heures dix, nous prenons la direction de La Caleta. Vingt heures trente et à l'heure, nous franchissons les portes de son restaurant qui arbore fièrement le nom enchanteur de :

Pulpito y Espelette

Marina, la serveuse aux gestes gracieux, nous accueille chaleureusement et nous guide jusqu'à notre table, où nous nous installons confortablement. Elle nous adresse un sourire enjoué et nous demande avec courtoisie :

— Souhaitez-vous débuter la soirée avec un apéritif ?

— Un ron cola pour moi, s'il vous plaît.

— Et pour moi, je vais prendre une Dorada sin, ajoute Miros.

Les menus entre les mains, nous explorons les délices gastronomiques qui nous attendent.

En entrée, nous compartirons un rafraîchissant carpaccio de poulpe parfumé à l'échalote et au citron ainsi qu'une flambée de gambas. Et pour les plats principaux, nous nous décidons pour un boudin de Wagyu au porto et une queue de lotte à l'estragon.

Marina nous adresse un sourire enjoué en réaction à nos choix culinaires. Elle se dirige vers la cuisine pour transmettre notre commande à Jérôme. Quelques instants plus tard, elle revient avec un petit air malicieux :

— Jérôme souhaite savoir si un peu de piment d'Espelette sur le carpaccio de poulpe vous ferait plaisir.

— Bien sûr. Que Jérôme nous surprenne !

Chaque assiette qui nous est servie se révèle être un délice, et nous prenons un moment pour savourer chaque bouchée tout en partageant nos réflexions sur notre aventure. Lorsque je pense à Jérôme, je ne peux m'empêcher d'imaginer quelle chaleur règne dans sa cuisine, avec le four et la plancha qui fonctionnent à plein régime. Cela ne l'empêche pas de nous offrir des plats d'une qualité exceptionnelle.

Le temps continue de s'écouler, et finalement Jérôme quitte ses fourneaux pour venir à notre rencontre :

— Alors, p'tit bonhomme, comment ça va ? Bonsoir Miros.

Nous nous levons de nos chaises pour le saluer cordialement :

— Très bien, et toi ?

— Bon ! Moi, ça va, à part un léger souci. J'vais vous faire une confidence…

— Ah ! J'espère que c'est pas trop grave, raconte.

— Rien de bien sérieux, en fait. J'me suis séparé de ma femme, Cande.

— Ah ! Pourquoi donc ?

— J'vais vous faire une confidence. Elle ne prenait pas soin de mes torchons, y'avait des trous partout. Je supporte pas ça.

Un éclat de rire général retentit.

— Vous voyez, c'est pas bien important, j'finirai par en trouver une autre, même si je dois aller la chercher au fin fond du Liban. Vous ne l'répétez à personne, hein ? C'est une confidence.

— Foi de papilles, on garde ça pour nous.

Le temps continue de s'écouler encore un peu entre railleries et discussions culinaires, puis nous prenons congé. Nous avons besoin d'une bonne nuit réparatrice.

Amelotti, *l'impensable révélation*

Dimanche 13 août. Je suis à l'heure. Les neuf rois sont déjà rassemblés chez Romulo et Belen. Ils impressionnent par leur présence. Tous mesurent près de deux mètres de haut et ont une carrure athlétique. Je me sens minuscule à côté d'eux. Ils sont réunis autour de dix verres de vin d'une production de La Orotava. Je les salue et Bencomo, le mencey de Taoro, m'invite à venir trinquer.

Ensemble, nous levons nos coupes pour porter un toast, et dans une harmonie parfaite, ils s'écrient en chœur :

Arriba, abajo, al centro y pa dentro

Chacun porte son verre aux lèvres pour savourer le contenu, minéral et profond.

Aussitôt, Belen apporte les plats au centre de la table :

- Des mojos rojo y verde,
- des papas arrugadas,
- du lapin au salmorejo,
- un gigantesque Escaldón de Gofio,
- de l'almogrote de La Gomera,
- du cherne et quelques lapas cuits à la plancha,
- des coupelles de Chacerquén,
- du pollo al ajillo,
- un gánigo de cabrito al horno,
- un saladier de salpicón de pulpo,

– des almendrados, flan de leche condansada, quesillo ou encore cette magnifique tarta de la abuela.

Il ne faut pas croire, un roi Guanche, ça mange !

Nous partageons ces mets délicieux, mais étrangement, les rois ne me prêtent aucune attention. Je me questionne sur la raison de me trouver ici. Je réussis à grignoter un bout de poulet à l'ail qui est tout simplement cuisiné à la perfection. Merci Belen ! Les plats se vident petit à petit, et un moment agréable s'écoule alors que tous semblent satisfaits de cette expérience gustative.

Je m'approche d'Acaymo :

— Acaymo, tu m'as fait venir pour me dévoiler un secret. Quel est-il ?

Il me répond avec calme :

— Patience, nous allons d'abord déguster notre barraquito. Chaque chose en son temps. Profite de l'instant présent. Arrête d'être impatient et stressé comme tous ces gens de ta génération.

Belen apporte les dix barraquitos. L'atmosphère devient presque religieuse. Chacun boit son breuvage dans un silence solennel. Elle se charge d'éclaircir la table. Les rois sont apaisés, on a débarrassé les plats.

C'est Adjoña qui reprend les rênes. Il me fixe d'un regard intensément bienveillant et s'adresse à l'assemblée :

— Mes amis, le temps est venu pour que Thierry soit mis dans la confidence. Nous pouvons lui dévoiler ce mystère qui nous hante depuis des centaines d'années.

L'atmosphère devient soudainement plus lourde, un silence presque palpable s'installe. Je me fige, osant à peine bouger, retenant même le moindre frémissement. Je sens mon cœur battre à tout rompre dans ma poitrine. Que vais-je apprendre, quel est ce secret si profondément enfoui ?

Adjoña poursuit d'une voix solennelle :

— Thierry, tu es l'un des nôtres. Ta présence n'est pas un hasard. Le hasard n'existe pas !

Sa déclaration résonne en moi comme un écho mystérieux. Mon esprit tourbillonne, mélangeant anticipation et appréhension. J'attends, tremblant d'excitation et suspendu aux paroles qui vont suivre.

Adjoña brise le silence et prolonge :

— Voici ton histoire…

Son énoncé évoque une promesse d'énigmes et d'aventures, laissant entrevoir un monde d'intrigues anciennes et de vérités cachées.

Ma tension artérielle monte encore un peu plus, ce qui n'est guère agréable pour mon système nerveux. Je m'apprête à plonger dans le récit qui éclairera le mystère autour de ma présence à Tenerife et de ma connexion avec ces rois Guanches.

— Au début de l'année 1494, une trentaine de bateaux commandés par Alonso Fernandez de Lugo effectue une première halte dans le royaume de Taoro. Cent-quarante des nôtres sont capturés et immédiatement envoyés sur la péninsule pour y être vendus comme esclaves. Des milliers de nos bêtes les accompagnent. Elles sont destinées à servir de nourriture pour l'expédition. L'armée composée de 150 cavaliers et 1500 fantassins arrive ensuite au nord-est de l'île. À la fin du mois de mai 1494, Alonso de Lugo se rend dans le royaume de Taoro pour rencontrer Benitomo, le leader des bandes de guerre. Alonso de Lugo exige de Benitomo sa soumission à la couronne espagnole et sa conversion au christianisme. Notre chef refuse et les deux hommes se séparent sans trouver d'accord. Chacun retourne dans son campement pour se préparer à la bataille.

Adjoña poursuit avec une éloquence captivante, faisant revivre l'histoire ancienne de Tenerife et des Guanches. Les mots résonnent dans l'air, comme une mélodie qui raconte le passé. Les visages des neuf rois Guanches expriment une combinaison de tristesse, de fierté et de détermination.

Je sens leur connexion profonde avec cette histoire. Ils ont vécu une épopée qui a forgé leur héritage et leur identité. La complexité des émotions me submerge et envahit mon esprit.

— Grâce à une adroite tactique, nos guerriers conduisent les troupes de l'occupant jusqu'au ravin d'Acentejo. Armés de pierres et de massues de bois, nos hommes y déciment des centaines d'Espagnols. Alonso Fernandez de Lugo lui-même a la mâchoire fracturée. C'est son neveu, Petro Benitez de Lugo, qui lui sauve la vie de justesse. Les quelques survivants ne mettent pas longtemps à s'enfuir. Tu connais ce lieu Thierry, c'est à « La Matanza d'Acentejo ». Le reste de la mission prend le large et atteint l'île de Gran Canaria en juin 1494. Mais Alonso Fernandez de Lugo est plutôt du genre têtu, et à peine met-il les pieds sur cette île, qu'il commence à préparer sa deuxième expédition. Et, dans l'attente des renforts du duc de Medina, Lugo effectue un deuxième débarquement en janvier 1495. Les troupes sont composées de survivants de la tentative initiale, de Guanches convertis au christianisme, ainsi que de combattants qui proviennent des autres îles de l'archipel. En novembre 1495, l'armée de Medina arrive pour renforcer les unités déjà présentes. Et le second affrontement d'Acentejo a lieu le 14 novembre. Elle éclate tout près du ravin où la première bataille de Lugo s'était soldée par un échec. Cette fois, avec des moyens tactiques mieux réfléchis, les Espagnols gagnent cette bataille. Certaines résistances émergent au sein de notre peuple, toutefois l'envahisseur demeure plus puissant. Les derniers de nos valeureux combattants rendent leurs armes en mai 1496. Tu connais la suite, Thierry. Ayant anéanti plusieurs milliers des nôtres, les conquistadors peuvent maintenant se déplacer sur l'île plus sereinement.

Le silence qui respecte le récit d'Adjoña est chargé d'émotions, le poids de l'histoire retentit dans l'air.

Les paroles prononcées font renaître une époque lointaine, une ère où des personnes ont perdu la vie, où des changements profonds ont affecté les cultures, laissant des destins indélébilement façonnés. Je regarde autour de la table, les visages des neuf rois Guanches manifestent une combinaison de tristesse, de fierté et de détermination.

La complexité des émotions m'envahit et submerge mon esprit. Je ressens le poids de la responsabilité de connaître et de transmettre cette épopée, de m'immerger dans ce passé qui résonne toujours dans le présent.

Je trouve quelques mots pour m'exprimer, ma voix tremble, mais elle est marquée de respect et de gratitude :

> — Je suis honoré d'être témoin de cette histoire, de partager ce moment avec vous. Vos sacrifices, votre courage, ont façonné l'île que nous aimons aujourd'hui.

Adjoña me sourit. Ce genre de sourire qui porte en lui des années de sagesse et de savoir. Ses paroles laissent une empreinte dans mes pensées, une trace que je tente de comprendre tout en sentant mon palpitant battre un peu plus vite. Les rois Guanches semblent m'entourer de leur présence imposante, comme si leur histoire millénaire avait trouvé un écho en moi.

> — Thierry, mon ami, écoute-moi avec ton cœur autant qu'avec ton esprit. Les fils du destin tissent une trame complexe et mystérieuse, ils nouent des connexions au-delà des apparences. Tu n'es pas ici par hasard, quelque chose t'a conduit au centre de

notre existence. Tu es le lien qui joint notre passé et nos époques.

Sa voix, calme et apaisante, enveloppe mes oreilles tandis que j'essaye d'appréhender l'importance de ses propos. Je m'accroche à chaque mot, les laissant pénétrer mon esprit tourmenté. Pourquoi moi ? Pourquoi maintenant ? Des questions tournent dans ma tête et je sens que je suis sur le point de découvrir quelque chose de profond.

— Thierry, nous comprenons que cela puisse te paraître accablant. Mais il est temps de te révéler la vérité qui te rattache à notre histoire. Tu es lié à notre passé d'une manière que tu ne peux pas encore appréhender. Je te suggère de prendre une gorgée de cet excellent ron miel, car ce que nous allons t'apprendre va dépasser toutes tes compréhensions.

J'ouvre un peu plus grand mes oreilles, Adjoña poursuit :

— Remémore-toi Alfonso de Lugo.

— Oui, je m'en souviens.

— En 1498, il se marie avec Beatriz de Bobadilla. Elle est veuve de Hernan Peraza el Joven, seigneur de La Gomera, qui fut assassiné en 1488.

— Et ?

— En 1497, Alfonso de Lugo entretient une aventure avec l'une des nôtres. Elle est d'une beauté divine, d'une grâce exceptionnelle et d'une gentillesse incroyable. Elle a un cœur en or et est toujours prête à rendre service dans le village. Elle manie les herbes et les plantes comme personne. Elle a le don de soulager certains maux avec ses remèdes de sa composition. Avec la savia du Drago, la tabaiba, el mocán, el cardón… Elle s'appelle Nazareth.

— Aucun historien ni aucun livre qui relate la légende des Guanches ne parle de Nazaret.

— Comment veux-tu que cette relation cachée remonte aux connaissances des historiens ?

— Ouais !

— Et Nazaret était ma sœur.

— Continue Adjoña, je t'en supplie.

— De cette union furtive est né un enfant, mais le secret représentait un fardeau trop lourd à porter. Et Alfonso de Lugo, qui tient à son titre de gouverneur, doit se résigner à se séparer de Nazaret.

— Ensuite Adjoña ?

— Nazaret part s'installer à Santa Cruz, où elle élève seule son fils. Grâce à ses connaissances des plantes, elle peut développer ses compétences. Je ne l'ai jamais revue, je sais seulement qu'elle a terminé ses jours confortablement quelque part au bord de la mer.

— Continue Adjoña, je t'en supplie.

— Son garçon est devenu un homme. Il a eu des enfants. Ses enfants ont eu des enfants. Les enfants des enfants ont eu des enfants. Et ainsi de suite jusqu'en 1981.

Je ne comprends pas vraiment où Adjoña veut en venir. Je suis suspendu à son histoire. Cependant, un détail me trouble, 1981. C'est mon année de naissance.

Adjoña reprend :

— Thierry, notre sang est mêlé sur ces dix-sept dernières générations.

J'empoigne la bouteille de ron miel, balaye d'un revers de main le minuscule chupito et saisis énergiquement l'un des grands verres IKEA qui sont restés sur la table. Je le remplis à moitié et avale d'une gorgée le digestif, sous les yeux ébahis de mes amis.

J'attrape mon téléphone et envoie un message à Miroslava :
Ma chérie,
je rentrerai tard ce soir
ne m'attends pas
ne t'inquiète pas
tout va bien

Je reprends mes esprits, une question essentielle me taraude profondément. J'interroge Adjoña :

— Je suis français, je suis né en France, ma famille est française. Comment est-il possible que je vous sois lié ? Comment puis-je faire partie de votre histoire sans n'avoir jamais entendu parler de Tenerife avant les années 2010, lorsque je suis venu, par hasard, m'installer ici ?

— Par tous les dieux Guanches, arrête d'évoquer le hasard... Le 29 septembre 1893, un bateau italien, El Remo, se pare à accoster à Achinech. Des informations indiquent qu'une épidémie de choléra se répand à son bord. Les autorités locales appliquent des mesures préventives et imposent une quarantaine à son équipage. Cependant, quelques membres de cet équipage, peu scrupuleux, réussissent à débarquer sur nos terres et contaminer beaucoup des nôtres. Ainsi, 1744 hommes, femmes et enfants sont infectés et 382 en meurent. La panique est intense et certains décident de fuir notre île pour trouver refuge loin de ce virus. Quelques-uns ont la chance de trouver un navire rapidement. Parmi eux figurent les aïeux de ta quatrième génération, Ramon et Aurora. Le bateau longe les côtes africaines, puis celles du Portugal, pour finalement accoster dans un petit port français, l'île d'Aix. Nous sommes le 9 novembre 1893. Tu comprends maintenant pourquoi tu es français, né en France.

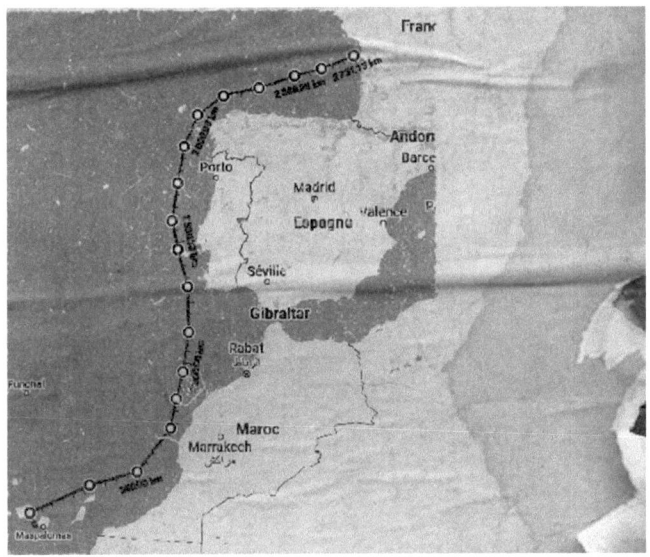

Et me voilà affligé d'un deuxième soufflet, asséné par l'histoire que je viens d'apprendre. Jamais en plus de 40 ans de ma vie, je n'avais eu connaissance de cette épopée familiale.

Un torrent d'émotions me submerge, et je reste figé, perdu dans mes réflexions, essayant de donner un sens à tout ce que j'entends. La réalité que je croyais solide s'est fissurée, laissant place à des révélations insoupçonnées.

La pièce semble tourner autour de moi, étouffante et oppressante. J'ai besoin de prendre l'air, de me retrouver face à l'immensité du paysage pour tenter de faire le point. Je demande aux rois de bien vouloir m'excuser, je dois sortir un moment. À l'extérieur, la brise douce qui balaie les plaines de La Orotava me rafraîchit le visage et apaise mes pensées en agitation.

J'hésite un instant, puis je compose le numéro de mon frère, Christophe. Je ne peux lui dévoiler tout cet épisode qui m'assaillit depuis le début de l'après-midi, je lui pose simplement une question :

— Salut frangin, est-ce que tu sais si on a un quelconque lien de parenté espagnol ou canarien ?

Il répond de manière catégoriquement négative.

L'incompréhension grandit, les pièces du puzzle de ma vie semblent ne plus s'emboîter. Je lui donne congé en lui promettant de le rappeler plus tard pour lui fournir plus de détails.

En tournant mon regard vers l'horizon qui s'étend devant moi, je tente de rassembler mes pensées éparpillées, de donner un sens à cette nouvelle réalité qui se dévoile.

Je reviens à la table, les rois m'attendent avec une sérénité qui contraste avec le tumulte qui règne dans mon esprit. La lueur du soir caresse délicatement leurs visages, amplifiant leur aura mystérieuse et intemporelle. Mon cœur s'emballe, rempli d'anxiété à l'idée de découvrir la suite captivante de leur récit.

Sur une tonalité empreinte de curiosité mêlée d'appréhension, je demande :

— Qu'est-ce que vous espérez de moi ?

C'est Adjoña qui prend la parole. Sa voix est profonde et d'une gravité solennelle :

— Plus rien ne va ici, nos terres deviennent folles. Les signes que nous lisons nous inquiètent grandement. L'homme a érigé d'étranges constructions en béton, a tracé des routes comme des cicatrices sur nos montagnes. Il a déposé cette chose noire et malodorante qui a détérioré notre sol, afin que des cubes roulants façonnés de métal puissent se déplacer dessus, polluant ainsi l'air que nous respirons. Il a creusé des cavités profondes dans nos collines, perturbant l'équilibre naturel de notre île. Et ces oiseaux géants d'acier, aux ailes de tonnerre, survolent nos têtes avec une arrogance déconcertante. Notre peuple n'en peut plus.

Les mots d'Adjoña pénètrent en moi comme des flèches empoisonnées. Ils réveillent ma conscience face aux ravages causés par la soif insatiable de l'humanité.

— Que deviennent les fondations, les sols familiers que nous connaissions ? Poursuit-il d'une voix chargée d'émotion.

Un silence s'installe, comme si l'écho de sa question résonnait au plus profond de chacun d'entre nous. Une lueur d'espoir anime les yeux d'Adjoña lorsqu'il me fixe intensément :

— Et, tu es le seul à pouvoir remettre un peu de quiétude sur nos terres.

— Qu'est-ce que je peux faire ?

— Tu dois retrouver la Lance de Paix.

Le nom vibre en moi comme une mélodie inconnue, évoquant des légendes et des mystères que je n'avais jamais envisagés.

— La Lance de Paix ?

— C'est ma lance, explique Adjoña. Nos ancêtres l'ont sculptée dans une racine du Drago de Icod de los Vinos pour symboliser la paix et l'harmonie entre les peuples. Elle est ensuite passée de génération en génération au sein de notre famille. Lorsque Ramon et Aurora ont fui Achinech pour échapper à l'épidémie, ils n'ont pas réussi à embarquer à bord du navire avec la Lance de Paix. Ils l'ont dissimulée quelque part sur l'île, un lieu qui reste inconnu à ce jour. Tu la reconnaîtras aisément. Une représentation sculptée d'un gecko sacré est incrustée à l'une des extrémités de ma lance.

Mon esprit tourbillonne. Je m'efforce d'assimiler ces révélations. La chasse après cette lance, porteuse d'un héritage de paix, s'annonce comme une mission énigmatique et cruciale.

— Nous avons tenté des recherches, continue Adjoña, les années ont transformé nos paysages. L'empreinte de l'homme les a altérés. Les repères que nous avions se sont effacés.

Il marque une pause, la gravité de la situation se lit sur son visage.

— Tu dois vraiment la retrouver, déclare-t-il avec une solennité accentuée.

Je sens que l'histoire qui s'est tissée au fil des siècles rejoint le cours de ma propre existence. Une responsabilité immense pèse sur mes épaules, l'appel d'une mission qui dépasse ma compréhension. La confiance qui brille dans les yeux de ces rois et la clameur de cette île majestueuse m'encouragent à accepter ce destin et à plonger dans l'inconnu pour honorer cet héritage de paix et de quiétude.

— Une fois que tu l'auras trouvée, ton devoir consistera à immerger cette lance dans le Puits de Sérénité. En libérant ses pouvoirs, une énergie ancestrale se déploiera sur notre archipel pour y apporter le bonheur et l'harmonie que nous avons si longtemps perdus, explique Adjoña d'une voix empreinte d'espérance et d'émotion.

— Quoi, quoi, quoi ? Quel Puits de Sérénité ? C'est quoi le Puits de Sérénité ? Il est où ?

— Encore un défi qui t'incombe. C'est un puits sacré. Bien sûr, il servait de source d'approvisionnement en eau, mais il a aussi une signification symbolique dans notre culture. C'est un lieu vénérable où l'on pratiquait des rituels et des cérémonies. L'eau est un élément vital, à la fois pour notre survie quotidienne et pour ses connotations spirituelles. Le Puits de Sérénité était utilisé pour apaiser les dieux et invoquer leur protection. Une fois de plus, l'homme est intervenu et nous n'en avons plus aucune trace.

L'image du Puits de Sérénité se grave dans mon esprit teinté de mystère et de promesses. Je parviens presque à imaginer ce lieu chargé d'histoire et de pouvoirs insoupçonnés, niché dans l'un des recoins de cette île qui est maintenant mon refuge.

— C'est une lourde tâche qui t'incombe, poursuit-il, nous croyons en toi, en ta connexion avec notre passé et ta relation avec cette terre.

Un frisson parcourt mon échine. Je prends conscience de l'ampleur de ma mission en servant de lien entre ces rois ancestraux et le futur de Tenerife.

Lucide des défis qui m'attendent, je demande :

— Comment est-ce que je peux retrouver la Lance de Paix ?

— Tu as déjà des indices, des symboles et des lieux chargés de signification. Suis les traces laissées par nos aïeux qui guideront tes pas.

— Je ferai de mon mieux pour honorer la tâche que vous me confiez.

Le sourire d'Adjoña transmet une gratitude silencieuse.

— Nous vivrons à tes côtés à chaque étape du chemin, me rassure-t-il. Tu ne seras pas seul dans cette quête. Nous, nous ne pouvons tirer un trait sur nos ancêtres, notre passé, nos terres, nos descendants. Nous pouvons nous remémorer des moments chargés d'histoires qui seront tes indices.

L'étreinte de cette communauté m'enveloppe, me donnant le sentiment d'appartenir à quelque chose de plus grand que moi-même. La promesse de retrouver la Lance de Paix et de restaurer la quiétude sur cette île majestueuse embrase mon âme d'une détermination nouvelle.

Je me détache du groupe avec des salutations chaleureuses. Je ressens leur soutien qui me pousse en avant. Je m'approche de mon cheval d'acier - ma moto - et je prends la route en direction du sud pendant que mon cortex cérébral est en effervescence. L'épopée détaillée par les rois tourbillonne dans mon esprit en mélangeant le passé et le présent, le mystère et la responsabilité.

Mon cœur bat la chamade. Je ressens un vif désir de retrouver Miroslava pour partager avec elle les confessions qui m'ont ébranlé. J'avance vers le futur, vers de nouveaux chapitres de mon histoire et le souhait profond de préserver la quiétude de cette terre.

Après une heure de route qui m'a semblé à la fois rapide et interminable, je parviens à notre finca. Ma petite chérie se prélasse près de la piscine en attendant mon retour avec impatience. La fatigue s'est installée en moi, toutefois l'urgence de divulguer les révélations me donne une énergie nouvelle.

À peine ai-je posé un pied par terre que Miroslava s'approche avec un sourire accueillant. Elle me demande si je veux manger quelque chose. Une question à laquelle je réplique par la négative, laissant transparaître mon empressement à partager les événements de la journée. Elle capte immédiatement mon état d'esprit et comprend que quelque chose d'important se profile.

Je la fixe profondément et lui dis que je dispose d'informations cruciales à lui transmettre. Elle me répond d'un intérêt appuyé, me faisant entendre qu'elle m'écoute attentivement. Nous nous installons sur le sofa au bord de l'eau et je lui déverse toutes les révélations reçues au cours de l'après-midi. Miroslava fait preuve d'une curiosité intense, ses yeux écarquillés et sa présence rassurante me donnent le courage de poursuivre sans interruption.

Chaque détail que je partage se heurte à son silence respectueux, son regard ne quittant pas le mien. Lorsque j'ai fini de raconter mon histoire, Miroslava s'approche délicatement de moi. Ses paroles résonnent avec douceur et confiance, et elle m'adresse ces mots :

— Je resterai à tes côtés. Je t'apporterai mon soutien en toute circonstance.

L'obscurité s'est avancée, et je sens la fatigue me rattraper, mais le sentiment d'appartenance et d'encouragement que je ressens est plus fort que jamais. Miroslava et moi décidons de mettre fin à cette journée riche en émotions en allant nous coucher. Nous nous glissons sous les draps, elle me serre tendrement dans ses bras, créant un cocon de réconfort et de sécurité. Nos souffles se synchronisent doucement, et dans cette étreinte, nous trouvons la paix pour la nuit à venir.

Acodetti, *la belle découverte*

14 août. À notre réveil, nous partageons ces instants complices qui transforment chaque matin en un trésor. Un tendre baiser déposé sur le nez de ma bien-aimée scelle ce début de journée. Nous prenons notre petit déjeuner sur la terrasse en profitant du cadre enchanteur qui nous entoure.

Le parfum des fruits et du café fraîchement préparé chatouille nos narines. Le calme de ces moments simples se marie à l'importance des événements qui nous attendent. Nous partageons nos croissants, tartinés d'une délicieuse confiture de higo pico, et je ne peux m'empêcher de dévoiler mes préoccupations à Miroslava :

— Cariño, cette aventure va exiger beaucoup de temps et d'énergie de ma part. Il est indispensable que quelqu'un me remplace à l'office, car gérer les deux efficacement m'est impossible.

Elle me regarde avec douceur et répond avec confiance :

— Escúchame, Amor ! Je vais prendre en charge la partie administrative de l'agence aussi durablement que nécessaire. Pour ce qui est du terrain, je pense que Paulego fera l'affaire. Il adore les sports mécaniques et c'est un passionné de plongée sous-marine. En plus, il détient ce petit côté casse-cou qui pourrait apparaître très utile. Je dois juste lui prêter l'une de nos voitures, car il vient de se faire défoncer le train arrière par un abruti qui téléphonait au volant en conduisant. Enfin Amor… je veux parler du train arrière de son auto, hein ?

— Tu me rassures, ma chérie. Avec Paulego, je m'attends à tout !

Son soutien absolu me réchauffe le cœur, et je lui adresse un sourire reconnaissant.

Je me lève de ma chaise pour la serrer dans mes bras, ressentant la force de notre engagement mutuel. Après ce moment, je me dirige vers mon bureau, allume mon ordinateur pour vérifier les rendez-vous de la journée. Je saisis mon téléphone et compose le numéro de Paulego. C'est un ami de longue date, avec qui j'ai partagé d'innombrables expériences, des secrets et une complicité sans égale. Il me répond sans tarder et je lui expose ma situation et formule ma requête pour qu'il m'apporte son aide pendant mon absence. Connaissant bien mon caractère aventureux et déterminé, il accepte avec enthousiasme, faisant preuve d'une confiance indéfectible envers moi.

Après avoir raccroché, je tapote à nouveau l'écran de mon portable. J'appelle mon frère. Les mots ruissellent de ma bouche, je lui raconte l'incroyable récit de la veille, les révélations et les enjeux qui en découlent. Une courte pause précède sa réponse, puis il me dit d'une voix assurée :

— J'arrive, je prends le premier avion. Je fais au plus vite.

Efficace le frangin.

Sa présence imminente me réconforte, et je réalise à quel point les liens familiaux demeurent essentiels dans ces moments de tourmente et de découverte.

Les heures défilent, le clavier cliquette sous mes doigts. Je plonge dans la recherche approfondie d'informations. Mon écran d'ordinateur devient une fenêtre sur un monde de connaissances et de mystères. Je rassemble les indices que les rois m'ont confiés, m'immergeant dans des récits historiques, des légendes ancestrales et des archives qui pourraient renfermer la clé de cette énigme.

Chaque clic me rapproche davantage de la vérité cachée, un mélange d'excitation et d'anxiété m'anime.

Les noms, les dates, les événements s'entrelacent, formant un puzzle complexe que je m'efforce de reconstituer. Des images d'Alonso Fernandez de Lugo, des batailles menées, des épidémies survenues, tout prend vie sur mon écran en illuminant des détails lointains que je n'aurais jamais imaginés.

Je consulte des ouvrages historiques, des articles, des sites web spécialisés, cherchant à combler les lacunes de mon savoir. Les légendes des Guanches prennent une nouvelle signification, les pages virtuelles deviennent un manuscrit secret que je tente de décrypter avec ferveur. Au fil des heures, je construis une trame de compréhension qui pourrait m'aider à la découverte de la Lance de Paix.

Mon bureau se transforme en un sanctuaire de connaissances, parsemé de feuilles de papier, de stylos et de livres ouverts à des passages pertinents. Chaque détail compte, chaque connexion potentielle est examinée avec minutie. Même si la tâche me paraît colossale, l'urgence de la mission et le sentiment d'appartenance à cette épopée me poussent à persévérer.

Le temps semble s'étirer dès que je m'enfonce toujours plus profondément dans cette recherche captivante. Je suis déterminé à percer le voile du passé, à retrouver la Lance de Paix et à rétablir la quiétude tant désirée sur cette île aux histoires multiples et complexes. Sur une feuille de papier, j'écris tout ce qui revient à ma mémoire :

Pyramide
La Lance de Paix
Alonzo Fernández de Lugo
Gecko
Matanza de Acentejo
Candelaria
Le Puits de Sérénité

Épuisé, mais satisfait, je sauvegarde mon travail et éteins mon ordinateur. Je me lève, étire mes muscles endoloris et contemple la vue nocturne depuis la fenêtre. Demain marquera un autre jour de recherches, mais pour l'instant, je m'accorde un moment de repos bien mérité.

Je me glisse sous les draps, la tête pleine d'informations et de réflexions. Mon esprit tourbillonne avec les aventures du passé, les légendes des Guanches et les mystères de l'île. Je ferme les yeux et me laisse emporter dans un monde de rêves, où le temps ancestral et le présent s'entremêlent, tissant un fil invisible qui me relie à cette terre chargée d'histoire et de promesses.

Le lendemain matin, Miros s'éloigne, au volant de sa voiture, pour se rendre à son travail. Eh oui ! Elle bosse même le 15 août.

Je reprends mes notes de la veille en parcourant les lignes avec une attention particulière. Pourtant, malgré mes efforts, mon esprit reste embrouillé, sans solution en vue. Je réalise que j'ai besoin d'aide pour progresser. J'allume mon ordinateur, résolu à trouver des informations qui pourraient m'éclairer. Machinalement, sur mon moteur de recherche favori, je tape :

puits sacré Tenerife

Les premiers résultats de ma recherche s'affichent à l'écran.

L'eau se révèle être une précieuse ressource pour la survie de l'île. Les habitants de Tenerife ont démontré un esprit ingénieux et une persévérance remarquable en captant les sources qui proviennent des sols. Les caractéristiques volcaniques de Tenerife avec son terrain, perméable et poreux, facilitent l'infiltration d'une grande quantité d'eau de pluie dans le sous-sol. De plus, les zones boisées contribuent à cette réserve hydrique grâce à la condensation. Les aires en altitude apportent également leur part en profitant de la fonte des neiges.

En plus, des formations géologiques qui retiennent l'eau, des accumulations entre les barrières naturelles étanches créent des poches où le précieux liquide est stocké. C'est donc principalement grâce aux galeries et aux puits qu'on la collecte.

Actuellement, Tenerife compte plus de mille galeries creusées, parcourant une distance totale qui dépasse les 1700 kilomètres. En parallèle, l'homme a foré plus ou moins 500 puits, d'une profondeur moyenne de 120 mètres. Plus de 80 % de la consommation en eau provient de ces réservoirs naturels. Il a également bâti des barrages d'une contenance globale de plus de 22 000 000 de mètres cubes. Et plus de 8100 bassins distincts les accompagnent pour une capacité d'à peu près 13 000 000 de mètres cubes. L'acheminement de l'eau s'effectue au travers d'un réseau complexe de canaux et de conduites qui s'étendent sur plus de 4000 kilomètres. Néanmoins, les conditions géologiques et le régime irrégulier des précipitations ne favorisent pas la construction généralisée de ces barrages.

L'effort et l'ingéniosité des habitants pour collecter, stocker et distribuer cette ressource précieuse témoignent de leur engagement envers la préservation et la gestion durable de l'eau sur leur île, malgré les défis environnementaux auxquels ils font face.

Nous comptons donc 500 et quelques puits à Tenerife. Cela revient à chercher une aiguille dans une botte de foin. Frustré par cette information, je pousse un soupir de découragement. Je cherche ardemment un indice, un lien qui pourrait me guider à travers ce dédale de complexités. Je ferme les yeux un instant, essayant de me concentrer et de me connecter aux évocations des paroles des rois.

Je ne peux pas perdre plus de temps. Je répertorie plus d'une cinquantaine de puits que je trouve dans des bases d'information et sur la carte en ligne. Mon listing en poche, je pars à la conquête des puits, en commençant par ceux qui sont les plus proches de chez moi.

Il commence à se faire tard et c'est déjà la dix-huitième zone que je visite. J'en fais une dernière, ce sera à El Pozo. Je remonte dans ma voiture sans plus attendre, me dirige immédiatement vers cet objectif et fonce vers l'emplacement indiqué par les coordonnées GPS, guidé par la détermination et l'excitation de cette nouvelle étape.

En moins de quinze minutes, j'arrive au village. Je parcours El Pozo à pas lents, scrutant chaque recoin à la recherche d'un puits ou d'un indice pour m'orienter. Cependant, les rues et les chemins gardent jalousement leur secret, refusant obstinément de révéler quoi que ce soit.

Un sentiment de désillusion commence à m'envahir.

Après deux heures de quêtes infructueuses, je retourne à ma voiture avec le poids de la défaite qui s'installe peu à peu. Je décide de faire une pause pour revitaliser mes esprits et retrouver ma détermination. Je roule pendant quelques mètres et viens stationner mon véhicule sur une place pittoresque sur laquelle est érigé un ermitage baptisé « *Ermita del barrio del Pozo* ». Il se dresse majestueusement, offrant une vue imprenable sur la mer qui s'étend à l'horizon.

Alors que je m'apprête à rassembler mes pensées, un homme en tenue ecclésiastique sort de la bâtisse. De petite stature et frêle, ses cheveux grisonnants laissent deviner qu'il avoisine probablement les 75 ans. Il vient de célébrer la messe de l'Assomption. Son visage rayonne de chaleur et de sagesse. Je m'approche de lui avec une lueur d'espoir dans les yeux :

— Buenos días Padre. Je cherche le puits du village. Vous savez où il est ?

— Hola hijo. Le puits de El Pozo est ici.

Machinalement, je fais discrètement une photo du curé. Sait-on jamais !

Du coin de l'œil, il observe les fidèles s'éloigner peu à peu. Il lève en douceur et subrepticement sa main et pointe du doigt une petite colline de roche volcanique située à seulement quelques mètres. Je m'acquitte de sa directive en m'avançant vers cette éminence naturelle. Le chemin qui me mène à cette colline est un mélange d'anticipation et de confusion. Je m'approche, la surprise et l'étonnement doivent pouvoir se lire sur mon visage. À la place du puits maçonné que j'avais imaginé, mes yeux se plantent sur une modeste étendue d'eau. Les reflets scintillants à sa surface, les algues verdâtres qui ondulent doucement, tout évoque davantage une oasis paisible qu'un puits.

Pourtant, en dépit de cette apparente simplicité, une lueur d'espoir s'allume en moi. Les paroles et les conseils des rois résonnent dans mon esprit. Cette petite surface d'eau pourrait-elle constituer le lieu où la Lance de Paix doit être déposée pour rétablir la quiétude sur l'île ? Les pensées s'entremêlent, les doutes se bousculent, mais une certitude émerge et il n'y a qu'une seule façon de le savoir.

Je capture cet instant de découverte en prenant quelques photos. Je m'agenouille près du bord, respectueusement, et je ferme les yeux. Les sons de la nature me parviennent, apaisants et mystérieux. À travers ce geste simple, je rends hommage à ce lieu et à son potentiel caché. Des sentiments tournoient dans ma tête. Et si ce point de départ inattendu représentait en réalité le cœur même de ma mission ? Et si cette petite étendue d'eau était porteuse de significations plus profondes que je ne pouvais l'imaginer ? Je veux en avoir le cœur net.

Avant de partir, j'enregistre les coordonnées GPS du puits : **28.199061, -16.766832**

Je suis de retour à la finca, la tête bourdonnante de théories et de réflexions. La petite étendue d'eau, qui représente peut-être le Puits de Sérénité, m'obsède. Comment est-ce que je peux l'inspecter de plus près ? L'idée de plonger à l'intérieur me paraît à la fois audacieuse et nécessaire.

L'avion de Christophe et sa femme Naty atterrit dans une heure. Je fonce à l'aéroport pour les accueillir.

Les deux amoureux franchissent les portes de la douane, et c'est une Naty en larmes que je récupère.

— M'enfin ! Que se passe-t-il, Naty ?

— Ils ont paumé ma valise. Elle a été envoyée dans un autre coucou, je ne sais même pas dans quel pays.

— Bah, Naty, calme-toi ! J'vais laisser mon adresse au service des bagages perdus de l'aéroport et j'suis sûr qu'ils vont te la ramener rapido.

Je prends Naty dans mes bras et lui offre un gros câlin réconfortant. Nous pouvons maintenant y aller.

Simusetti, *dans les profondeurs de El Pozo*

Une fois de retour à la maison, nous prenons un moment pour nous détendre autour d'un déjeuner simple, composé de bocadillos de jamón y queso et de fruits frais du jardin. Les saveurs exquises des mangues juteuses, des kiwis acidulés, des bananes et quelques figues apaisent délicieusement nos papilles.

Assis à l'ombre des arbres, je relate en détail mes découvertes à Christophe. Son visage s'illumine d'enthousiasme, son esprit a toujours su relever les défis. Sa réaction ne se fait pas attendre :

> — Je ne vois que deux personnes qui peuvent avoir la capacité de nous accompagner dans cette plongée sous-marine. Montse et Javi.

Son choix rejoint le mien. Montse et Javi, nos amis qualifiés en activités subaquatiques, ont cette connaissance de la mer et des profondeurs océanes qui pourrait nous être précieuse. Ils demeurent aussi intrépides que curieux, et leur présence pourrait apporter une dimension nouvelle à cette épreuve.

Je souris à Christophe tout en approuvant son option. L'excitation grandit en moi alors que nous partageons notre vision commune.

Avec Christophe à mes côtés et le soutien de Montse et Javi, je me sens prêt à plonger dans les abîmes de cette aventure, à découvrir et à percer les secrets qui se cachent sous les eaux de Tenerife.

Tiens ! Ça me fait penser que je ne vous ai pas présenté Christophe.

De deux ans mon aîné, il est sapeur-pompier dans l'un des centres de secours de Nantes depuis plus de 30 ans. Il a foulé avec bravoure les terrains les plus redoutables en intervenant dans des conditions délicates pour assister ses camarades des pires périls. Un véritable héros du feu, capable de maîtriser toutes les situations dangereuses. Son courage est inébranlable, et il a sauvé de nombreuses vies en mettant sa propre sécurité au second plan. Et en plus, il possède la spécialité de plongeur, ce qui nous sera sans aucun doute d'une grande utilité.

Notre première immersion conjointe date du 30 Août 2009, quand nous avons exploré l'épave du Fetlar en mer bretonne. Ce cargo vapeur coula le dimanche 13 avril 1919 après s'être talonné sur une roche pourtant fort bien connue, le Bunel. Il était 16 h 10 lorsqu'il s'enfonça définitivement dans l'eau à environ 800 mètres au nord de l'île de Cézembre.

Cependant, une énigme plane autour de Christophe, car lorsqu'il est question de se suspendre à un parachute ascensionnel, il devient bizarrement discret. Quand le moment d'action arrive, il disparaît comme par magie. Un mystère qui soulève des interrogations, laissant tout son entourage perplexe.

Quant à Javi et Montse, notre première plongée - juntos - remonte au 7 septembre 2010 à Tenerife lors de mon premier voyage. C'était à Las Eras.

Moi – Javi – Montse

Nous sommes aujourd'hui le 15 août 2023 et c'est une date qui restera à jamais gravée dans la mémoire de Tenerife. Ce jour-là, un incendie d'une ampleur exceptionnelle a pris naissance dans le nord de l'île en dévorant tout sur son passage.

Les dégâts laissés par les flammes apparaissent impressionnants. Les images saisissantes qui se répètent inlassablement à la télévision offrent un spectacle de désolation. Là où l'environnement autrefois florissant dominait, on ne voit plus que destruction. Les paysages verdoyants ont cédé la place à des terres brûlées au vent des landes de pierres. C'est pour les vivants un peu d'enfer, des nuages noirs qui viennent du nord colorent la terre. C'est le décor au nord de Tenerife.

Les forêts majestueuses sont réduites à des cendres, et la beauté naturelle qui caractérisait Tenerife est désormais méconnaissable.

Pourtant, en dépit de cette catastrophe qui s'abat sur l'île, mon équipe est déterminée à percer les mystères du Puits de Sérénité. Nous ne nous permettrons aucune halte. Les flammes peuvent constituer un obstacle majeur, malgré cela, elles ne sont pas une fin en soi. Animé par une volonté indomptable, je persiste dans mes recherches, conscient que chaque indice découvert, chaque révélation faite, nous rapproche du trésor enfoui.

Je contacte Javi et lui dis que j'ai besoin de lui. Je lui demande de bien vouloir préparer ses affaires de plongée et de venir avec Montse.

Le lendemain matin, l'excitation est palpable. Le soleil se lève doucement, Javi et Montse m'attendent devant la finca. Leurs visages sont marqués d'une curiosité qui témoigne de leur disposition à se lancer dans cette nouvelle aventure dont ils n'ont encore qu'effleuré les premiers détails.

Javi, le regard pétillant, vérifie une dernière fois son équipement. Montse, quant à elle, arbore son habituel sourire confiant, prête à faire face à l'inconnu. Je leur expose brièvement le plan qui résume ce que j'ai découvert jusqu'à présent, des légendes ancestrales aux indices qui pointent vers le mystérieux Puits de Sérénité. Leur enthousiasme est contagieux, et je peux voir dans leurs yeux la détermination qui les anime.

Chacun prend place dans ma voiture, et nous nous mettons en route. Un quart d'heure plus tard, je me gare sur l'esplanade de l'ermitage, où nous pourrons nous équiper aisément.

Montse et Javi échangent un regard complice. Ils semblent communiquer sans mot dire leur confiance mutuelle alors que nous nous concentrons sur l'objectif qui nous attend.

Nous voilà au pied du puits et une sensation étrange m'envahit. C'est comme si le passé et le présent se rejoignaient en cet endroit, créant un lien mystérieux entre les générations qui nous ont précédés et notre mission actuelle.

Javi m'interpelle :

> — La visibilité n'est pas très bonne. Il nous manque du matériel.

Et telle une vedette des océans, Christophe ouvre son sac de plongée. À l'intérieur, on y découvre :

- 1 dévidoir enroulant 100 mètres de fil d'Ariane ;
- 1 bouée de surface ;
- 3 phares de 5500 lumens chacun ;
- 3 feux de signalisation à éclats.

On est pro ou l'on ne l'est pas !

Nous nous préparons en ajustant nos équipements avec la confiance de ceux qui comptent de nombreuses aventures sous-marines.

Nous nous mettons à l'eau. Nous marchons lentement, à la recherche d'une fissure qui pourrait nous conduire vers une profondeur insoupçonnée. Nous avons déjà parcouru une quinzaine de mètres quand Christophe disparaît, comme happé vers le fond avec une rapidité surprenante. En l'espace de quelques secondes à peine, il refait surface.

— Venez par ici ! Regardez cette crevasse, elle est étroite, mais on peut passer.

Nous chaussons nos palmes et progressivement, nos silhouettes s'effacent pour nous aventurer plus loin. Que va-t-on découvrir dans les profondeurs de ce puits ? Est-ce que ce secret plusieurs fois centenaire est sur le point de nous être dévoilé ?

Mon ordinateur de plongée indique que nous nous trouvons désormais à six mètres de profondeur. La clarté se raréfie, mais grâce à la puissance des phares, nous entrevoyons un passage qui doit mesurer une quinzaine de mètres de long. Nous nous y engageons pendant que Christophe déroule minutieusement son fil d'Ariane.

Nous flottons à dix mètres sous la surface de l'eau quand soudain, une paroi nous arrête net. Scrutant à droite et à gauche, nous réalisons que la poursuite de l'immersion se révèle impossible. Nous échangeons quelques signes et nous décidons de gonfler nos gilets de plongée pour remonter légèrement. Et voilà que l'incroyable se produit : une grotte voûtée apparaît, au sec. Au-dessus de nous se dresse une cheminée qui projette sa lumière solaire dans cette poche souterraine.

Sur la gauche, un escalier en pierre s'élève, nous aidant à accéder à cette grande salle. Nous gravissons les marches avec une certaine excitation en pénétrant dans ce qui devait sûrement être un auchón. Il s'étend devant nous, immense et majestueux. Un silence respectueux nous enveloppe. C'est un spectacle de toute beauté qui s'offre à nos yeux ébahis. Conscients de la rareté de ce moment, nous prenons soin de ne rien perturber. Les gilets qui supportent nos bouteilles sont déposés pour plus de liberté de mouvement et nous restons groupés et unis. Pas un mot n'est échangé pendant que nous explorons chaque recoin de la grotte.

Nous sommes à l'affût du moindre indice. Une lueur d'espoir continue de briller dans nos yeux quand je m'autorise à rompre le silence :

> — La Lance de Paix doit se trouver ici, nous devons la dénicher.

Cependant, la salle se dévoile obstinément vide, comme si elle attendait de livrer son secret au moment opportun. Le rayon de soleil qui pénètre par la cheminée projette un halo étrange, créant un faisceau rectiligne qui guide notre regard vers une paroi pierreuse située à droite de la caverne.

Montse, un brin taquine, intervient avec enthousiasme :

— Eh bien ! La voilà, la Lance de Paix.

Un éclat de rire collectif remplace ses paroles, dissipant momentanément la tension. Javi prend l'initiative de suivre la lumière.

— C'est Achamán qui nous accompagne, dit-il.

Il fait quelques pas et, avec un geste d'invitation, il nous interpelle :

— Venez voir, amigos míos !

Nous le rejoignons. Un passage dans la roche se révèle à nous. Nous nous glissons à l'intérieur et accédons à une chambre plus restreinte, mais néanmoins captivante. L'ambiance y est plus sèche et nos regards s'écarquillent devant le spectacle extraordinaire qui s'offre à nous.

Des coquillages et des morceaux d'os jonchent le sol parmi quelques bouts de bois et de vertèbres, de toute évidence d'origine animale. Nous remarquons aussi des restes de quelques peaux tannées, sans aucun doute de chèvre ou de brebis, connues sous le nom de Tamarcos. Des dizaines de gánigos sont méticuleusement disposées sur des autels, créant une composition d'une rare beauté. Des outils en pierre, des Tabonas de différentes tailles, sont soigneusement étalés à proximité, offrant un témoignage silencieux de l'histoire d'une civilisation ancienne. Ce que nous découvrons nous fascine.

Des icônes parsèment les murs. Ils sont incisés à même la roche, sûrement à l'aide d'instruments que nous venons de révéler. On peut deviner des Tajinastes, différents poissons, des cabras, des visages, des lézards… et même une illustration du Teide.

> — Ne touchez à rien. On va photographier tout ça et j'appellerai les autorités cet après-midi.

Nous prenons un instant pour nous asseoir en laissant notre regard errer autour de nous. Malheureusement, l'évidence est incontournable. Après avoir minutieusement inspecté chaque recoin de ces deux chambres, il est indéniable qu'il n'y a aucune trace d'une quelconque lance.

> — Allez, on y va ! Il est temps de sortir. On n'a peut-être pas trouvé ce qu'on voulait, pourtant je suis convaincu que nous sommes sur la bonne voie. Rien n'arrive par hasard, n'est-ce pas ?

Nous avons clairement fait une découverte cruciale, toutefois la lance n'est pas ici. Par conséquent, ce puits n'est pas celui que l'on cherche. Cela implique que nous devons recommencer depuis le début… ou presque.

Nous nous relevons et nous nous rééquipons de nos bouteilles d'air. En reprenant l'escalier de pierre pour redescendre dans les profondeurs, je ne peux m'empêcher de tourner la tête pour jeter une dernière attention mélancolique à ce lieu impressionnant qui fut autrefois la demeure de nos ancêtres. À ce moment précis, mes yeux sont captivés par une esquisse que nous n'avions pas remarquée lors de notre arrivée.

— Attendez !

Mes trois compagnons s'immobilisent brusquement et les trois faisceaux lumineux de leurs lampes convergent à l'unisson vers moi.

— Regardez, on dirait que nous avons trouvé quelque chose d'important.

Les éclairages confluent vers le mur. Une fresque d'environ un mètre de hauteur et cinquante centimètres de large a été soigneusement façonnée. En son centre, un espace de plus ou moins un demi-mètre carré accueille une gravure représentant une lance. On peut y discerner une silhouette de lézard posée sur son extrémité supérieure, probablement le gecko dont Adjoña m'a parlé. La qualité artistique du dessin est frappante, et nous sommes tous impressionnés.

Cependant, un détail attire davantage notre attention. Des lignes d'une finesse extraordinaire parcourent le tableau en tous sens. Ces lignes sont incroyablement régulières.

Nous prenons des dizaines de photos de cette œuvre mystérieuse. Nous pourrons l'analyser plus en détail une fois de retour à la finca.

Nous redescendons dans les profondeurs du puits et, dix minutes après, nous arrivons à notre point de départ. Surprenamment, le curé de la « Ermita del barrio del Pozo » se tient devant nous, comme s'il nous avait attendus. Aucun mot n'est échangé. Je lui adresse un signe de tête en guise de remerciement.

Une fois de retour sur le sol ferme, nous nous changeons rapidement et rangeons nos affaires dans le coffre de la voiture. Impatients, nous nous rendons aussitôt à la finca pour visionner les photos sur l'écran de ma télévision.

Miros nous attend avec une collation qu'elle a préparée. Nous en avons bien besoin après cette aventure. Nous nous délectons de boissons fraîches et d'une excellente tortilla en partageant avec elle les détails de notre prestigieuse découverte. J'invite mes compagnons d'aventure à s'installer confortablement dans le salon. Je connecte les appareils photo à mon écran, et nous pouvons commencer à visionner les clichés.

Sesetti, *buenos días Efraín*

Réunis sur le canapé de mon salon, nous fixons avec intérêt l'écran de télévision où défilent les photos. L'une d'entre elles retient particulièrement notre attention. Sa qualité reste indéniable. Nous l'examinons sous tous les angles en scrutant chaque détail avec soin.

Chacun émet des théories, certaines plausibles et d'autres complètement farfelues. Après une heure et demie de discussions et de spéculations, Javi et Montse prennent congé.

Je les remercie ardemment pour leur précieuse aide et leur promets de les tenir informés de la suite de mes recherches. Je reste avec ma petite famille et nous nous installons pour déguster un jus de mangue bien frais.

Miros :

    — J'ai parlé de notre aventure à mon directeur d'agence cet après-midi. Il m'a conseillé de rencontrer une personne. C'est un Canarien qui vit à Santa Cruz, un sage très cultivé qui lit une grande variété de livres. Il pense qu'il pourrait nous aider. Il se prénomme Efraín.

— Tu as ses coordonnées ?

— Tiens !

— Tu rayonnes de merveille, Amor.

J'enregistre son numéro de téléphone dans mes contacts. Je prévois de l'appeler demain matin pour obtenir son assistance et ses conseils.

La sonnerie de l'entrée retentit. C'est un employé de l'aéroport de Tenerife Sur qui apparaît, rapportant la valise de Naty. Elle court jusqu'au portail encore plus vite qu'une cabra. Avec un large sourire de soulagement, elle saisit son bagage, comme si elle recevait un présent des dieux tout-puissants, comme si tout l'univers conspirait pour alléger son voyage.

Dix-sept août. Je me réveille aux premières lueurs du jour. J'allume mon écran pour revoir une fois de plus cette photo en espérant y trouver une solution. Je relis mes notes et je suis dépité, car rien ne semble émerger. L'impatience de contacter Efraín grandit en moi. Peut-être saura-t-il me guider vers la clé du mystère. Cependant, il est encore trop tôt pour l'appeler. Je prépare une tasse de café et la savoure lentement en profitant de chaque gorgée tandis que j'observe le soleil se lever.

Mon frère aussi vient de pointer le bout de son nez, il se joint à moi. Il me toise d'une manière étrange, comme s'il voulait me dire quelque chose.

— T'as pas l'air dans ton assiette. C'est quoi qui va pas ?

— C'est cette photo que nous avons regardée pendant des heures hier soir.

— Oui !

— Avant-hier, lorsque l'avion survolait Tenerife en se préparant à atterrir, j'ai vu les incendies qui ravageaient le nord de l'île.

— Oui, je me rappelle.

— Les flammes qui se dessinaient à travers les barrancos et les vallées présentaient étrangement la même forme que ces lignes qui entourent la lance.

L'annonce de Christophe me laisse perplexe et sans paroles. Il sera nécessaire pour moi d'examiner de près cette nouvelle piste.

L'horloge indique 9 heures. Le moment est venu où je peux me permettre de téléphoner à Efraín.

Je compose son numéro, une voix douce et sereine me répond :

— Hola, buenos días.

— Buenos días, je suis Thierry, le novio de Miroslava. Son directeur nous a donné votre numéro de mobile. Je recherche des informations sur l'histoire des Guanches et mes connaissances sont limitées. J'ai besoin d'aide. Je serais ravi que vous puissiez m'en apprendre davantage.

— Oui, je savais que tu allais m'appeler. J'ai dîné avec le patron de Miros hier soir et il m'en a touché deux mots. Je veux bien te rencontrer et voir si je peux faire quelque chose. Demain après-midi me semble parfait. Je finis à 13 heures et je peux t'accorder un peu de temps.

Nous avons fixé le rendez-vous. Ce sera à 13 h 15 dans un bar du « *Mercado Nuestra Señora de África* » à Santa Cruz.

En attendant impatiemment mon entrevue avec Efraín, je continue à éplucher toutes les informations que je trouve sur internet. Malgré mes efforts, tout reste encore dans un brouillard opaque.

Je visualise pour la énième fois les photos de notre périple sous-marin. Chaque cliché, chaque détail pourrait contenir la clé du mystère qui m'échappe. Un bout de papier sous mes doigts, je griffonne frénétiquement les éléments qui me semblent essentiels :

Lance en bois de Drago
Pointe vers le bas
13 lignes entourent la lance
Des lignes forment deux flèches
Une dirigée vers le bas, l'autre vers le haut
Un gecko est sculpté sur l'une des extrémités de la lance

Chaque élément peut renfermer une pièce du puzzle, une indication cruciale pour éclairer notre chemin obscur. Mon esprit bouillonne, les mystères et les éventuelles solutions dansent devant mes yeux. Et au-delà de la frustration qui me guette par moments, c'est la lueur d'espoir qui me guide. Elle me rappelle que chaque pas en avant est une avancée vers la vérité, même si elle se dérobe encore dans les ombres de l'énigme.

Le lendemain, à 13 h 15, je patiente dans l'un des bars où nous nous sommes donnés rendez-vous. Le « *Mercado Nuestra Señora de África* », également connu sous le nom de La Recova, est un édifice emblématique de Santa Cruz de Tenerife. Érigé dans un style architectural néocolonial, le 4 janvier 1944 a marqué l'inauguration officielle de ce bâtiment mythique. Il abrite le marché municipal qui contribue à la vie animée de la ville.

Il porte le nom en mémoire de l'épouse du Général Serrador, une dédicace qui ajoute une dimension mémorable à cet endroit chargé d'histoire. Au fil des ans, ce marché est devenu bien plus qu'un simple lieu de commerce, il incarne également le patrimoine culturel et l'identité de la région.

Pendant que je guette l'arrivée d'Efraín en me désaltérant d'une agua con gas, un véritable festival sensoriel m'émerveille. Dès que l'on pénètre dans l'enceinte de ce mercado couvert, une symphonie d'effluves entêtants vous accueille, créant un tableau olfactif vivant et diversifié. Les étals débordent de fruits, dont l'odeur sucrée des oranges, des mangues et des bananes se mêle joliment à l'élégance des légumes verts.

L'émanation terreuse des herbes aromatiques et des épices ajoute une note exotique à l'atmosphère. Les senteurs riches et chaleureuses du café fraîchement moulu se marient aux parfums délicats des fleurs colorées. Parmi ces trésors gastronomiques, les fromages occupent une place particulière. Leur présence offre une palette d'effluves et de textures qui séduisent les palais les plus fins.

Les échanges avec les vendeurs sont teintés de détails sur la fabrication, l'affinage et les accords mets-vins qui sublimeront chacune de vos bouchées. Je dois avouer que ma préférence va à mon amie Muriel qui gère la quesería qu'elle a baptisée « *La maison du fromage* ».

En somme, l'agitation qui anime les allées du marché me captive. Les commerçants, passionnés par leurs produits, s'efforcent de créer une atmosphère engageante. Leurs voix retentissent joyeusement, remplissant l'espace de conversations animées.

Efraín arrive.

— Eres Thierry ?

— Sí.

— Hola, soy Efraín.

— Encantado de conocerte.

— Igualemente, es un placer.

Il s'assied en face de moi. Sa présence procure un apaisement. Il me fixe intensément derrière une paire de lunettes à monture fine qui repose avec douceur sur son nez. D'une stature modérée, il n'est pas très grand, toutefois son aura tranquille dégage une assurance qui va au-delà de sa taille. Son sourire accueillant se dessine avec naturel sur ses lèvres, reflétant une bienveillance et une sérénité qui semblent l'accompagner en toute circonstance. L'énergie calme qu'il libère invite à la conversation et à la recherche de solutions communes.

La tension palpable, mêlée à l'excitation qui m'anime depuis ces dernières heures, est chargée dans l'air. Il commande un soda au cola et une relation de confiance s'installe entre nous, une sorte de connexion silencieuse qui présage un échange profond.

Nos verres trinquent. Je prends une inspiration et laisse la passion et la détermination guider mes paroles. Rapidement, je me lance dans l'exposé de toute mon aventure pendant qu'Efraín écoute attentivement chaque détail que je partage. Pendant près de 40 minutes, je narre l'histoire avec une précision méticuleuse en me replongeant dans les souvenirs pour les faire revivre avec force et émotion.

Le bar bruisse autour de nous et dans cet instant suspendu, ma voix résonne et les expressions changeantes sur le visage d'Efraín témoignent de son intérêt grandissant. Je lui présente les photos de notre expédition en posant chaque cliché devant lui comme autant de pièces de la devinette complexe que nous tentons de résoudre.

Le regard d'Efraín se fixe sur les images. Ses yeux parcourent chaque détail avec une attention aiguisée. Elles parlent pour moi, divulguant l'inconnu rencontré dans les profondeurs du puits. Je ne dis rien et laisse le mystère se dévoiler en attendant ses remarques avec une impatience retenue.

Efraín :

— Tu as des conclusions, des pistes ?

Je prends une courte pause avant de répondre. Je me prépare mentalement à synthétiser mes pensées en des mots clairs et précis pour décrire le contenu de ma réflexion. Je commence en plaçant ma confiance dans mon analyse.

— Un peu. Sur la photo, je discerne ce qui constitue sans conteste une lance. À une extrémité, une pointe taillée est fixée sur un long manche, et de l'autre côté, probablement un gecko également sculpté dans la roche. Elle est orientée vers le bas et je reste certain que c'est la lance d'Adjoña. Autour d'elle, plusieurs tracés se rejoignent pour former un motif. Ces lignes évoquent l'image d'une flèche qui pointe vers le haut et une autre vers le bas. En tout, j'en compte treize, toutes parfaitement droites.

Je prends une gorgée de ma boisson et laisse mes paroles pénétrer l'esprit d'Efraín avant de continuer.

— J'ai recherché des correspondances avec le chiffre treize dans les superstitions et les croyances, mais je n'ai rien trouvé de significatif jusqu'à présent.

J'évoque l'observation faite par mon frère lors du survol de Tenerife.

— Peu avant l'atterrissage de son avion, il a remarqué que les flammes des incendies en cours pouvaient ressembler étrangement à ces traits qui forment ces deux flèches. Cependant, cette ressemblance s'avère davantage due au hasard qu'à une piste réellement prometteuse à suivre.

Je conclus en indiquant que, malgré l'aide précieuse apportée par notre exploration, il est manifeste que nous n'avons pas plongé dans le Puits de Sérénité, et que le mystère de la Lance de Paix demeure entier.

Efraín garde son regard fixé sur moi, semblant digérer mes paroles avec une intensité tranquille. Je m'efforce de rester calme malgré l'excitation qui bouillonne en moi, attendant ses réflexions avec une anxiété presque palpable.

— Parfait ! Permets-moi de te faire part de mon expertise. J'ai lu de nombreux livres, notamment sur l'histoire de notre peuple. Plusieurs détails m'ont particulièrement marqué. En premier lieu, je ne crois pas que les treize lignes fassent référence au chiffre de la superstition tel que nous le connaissons. Ce chiffre est lié à la Cène, le dernier repas de Jésus-Christ entouré de ses douze apôtres. Parmi eux, Judas, le traître. Cette croyance ancienne remonte aux origines de l'Église. Cependant, à la fin des années 1400 après Jésus-Christ, aucun Guanche n'était chrétien. Si nous nous tournons vers la mythologie, le 13 est un nombre premier, considéré pour briser l'équilibre et l'harmonie associés au 12, comme les douze lunes de l'année. Je pense qu'il ne serait pas judicieux de nous concentrer sur le 13, du moins pas dans le sens habituel.

Chaque mot est délivré avec une assurance confiante qui évoque une profonde connaissance et une réflexion mûrie.

Il continue :

> — Ensuite, je partage ton avis. Je juge comme très envisageable que ce soit la lance d'Adjoña. Je n'ai guère de doute à ce sujet. Quant aux motifs que le feu aurait dessinés dans les paysages de Tenerife, j'imagine que ce n'est qu'une pure coïncidence. Pour finir, n'oublie pas que le gecko, tout comme les autres lézards, hiberne en hiver et refait surface en été, symbolisant ainsi la mort et la renaissance... C'est troublant si l'on rapproche la signification de ce gecko avec les faits que tu viens de vivre avec les Menceys. Ce sont les seules indications que je peux te fournir. Mes connaissances ont des limites et ce n'est que ma théorie d'après ce que je maîtrise.

Je fais une triste tête que mon interlocuteur devine.

> — Pues ! J'ai une bonne nouvelle, me dit-il. Mon grand-oncle pourra t'éclairer davantage. C'est un homme âgé, un Canarien depuis toujours et descendant des Guanches de Tenerife. Il se prénomme Saturnino et vit désormais à Lanzarote. Je peux te le présenter. Es-tu prêt à te rendre à Lanzarote ?

Mes yeux s'écarquillent. Je reçois cette nouvelle comme une bénédiction.

> — Síííííííí !

Nous finissons nos verres et décidons d'une date.

— Je suis en vacances la semaine prochaine, me déclare Efraín. Ça te va ?

Notre voyage est fixé au lundi suivant. Dans trois jours.

Je prends congé d'Efraín après plus de deux heures d'une rencontre formidable. Nous échangeons une accolade chaleureuse et définissons notre rendez-vous à l'aéroport « *Los Rodeos* » à La Laguna.

Je suis de retour à la finca. Miros, Christophe et Naty m'attendent. Je vois bien qu'ils meurent d'impatience que je leur raconte ma visite.

Pendant que nous savourons des glaces à la mangue, je leur explique avec enthousiasme tout ce qu'Efraín m'a appris. Assis face à l'océan, je peins le portrait de cet homme extraordinaire qui a illuminé notre tête-à-tête de sa sagesse et de sa profonde connaissance de l'histoire.

Satti, *direction Lanzarote*

Lundi 21 août 2023. Il est 9 h 20. Nous nous dirigeons vers les portes d'embarquement, prêts à entamer notre voyage vers Lanzarote. Le vol NT 468 est à l'heure.

Nous prenons place à bord de l'avion et, conformément à l'horaire prévu, il décolle rapidement à 10 heures précises.

> *« Mesdames et messieurs bonjour, votre commandant, Ludwig et sa charmante hôtesse Catwoman, vous souhaitent la bienvenue à bord de cet avion à destination de Lanzarote. La durée du voyage sera de cinquante minutes. Nous vous demandons d'attacher vos ceintures. L'espace fumeurs de ce vol se trouve sur l'aile droite. Si vous réussissez à allumer votre cigarette, vous pourrez la fumer. »*

Efraín, assis à mes côtés, reste absorbé par un livre que j'imagine captivant. Il s'immerge totalement dans sa lecture.

Moins de cinquante minutes plus tard :

> *« Mesdames et messieurs, ici Ludwig, votre commandant de bord. Nous entamons maintenant notre descente en direction de l'aéroport de Lanzarote. Les conditions météorologiques au sol sont favorables, avec*

une température de vingt-huit degrés Celsius. Catwoman et moi-même tenons à vous remercier d'avoir choisi notre compagnie. Veuillez vous garantir de bien récupérer toutes vos affaires et si vous laissez quelque chose, assurez-vous que c'est quelque chose que nous aimerions avoir. Nous vous rappelons que le dernier sorti de l'avion devra le nettoyer. Nous vous souhaitons un excellent séjour à Lanzarote. »

L'appareil se pose sur le tarmac de l'aéroport César Manrique. Efraín n'a pas levé le nez de son livre une seule fois, ayant dévoré plus de cent vingt pages pendant le temps de vol.

— On est déjà arrivé ?

Je lui souris et lui réponds par l'affirmative.

Lanzarote, Éden de singularité, se dévoile comme un joyau, symbole de volcanisme, de lave qui sculpte des formes inouïes, de terres noires et rouges en contraste avec l'albâtre des demeures typiques. L'azur du ciel et l'océan aux reflets turquoise se mêlent gracieusement à l'horizon infini pour créer ainsi une toile de rêve pour les âmes en quête de sérénité. Dans cet écrin canarien oriental, des montagnes dépouillées à la silhouette basse, des bords de mer d'or et d'ivoire, des palmeraies luxuriantes… tout est mélodie du silence, partie intégrante du tableau mystérieux de Lanzarote. À l'évidence, l'île s'inscrit parmi les perles fascinantes de l'archipel canarien. Le spectacle saisissant du paysage volcanique en fusion avec l'Atlantique bleu vous envoûte.

Arbres discrets, végétation somptueuse et villages aux maisons blanches façonnent l'horizon infini, vous réalisez que vous vous trouvez dans un lieu unique, hors du temps. C'est un véritable endroit vibrant de vie, un havre de détente avec ses musées à explorer, ses grottes, ses plages solitaires et ses vins exquis à savourer.

Le grand artiste, César Manrique, y a laissé son empreinte. C'est une figure incontournable de Lanzarote, peintre, sculpteur, architecte qui s'est battu sans relâche pour préserver la splendeur insulaire en créant des monuments qui s'insèrent dans la nature. Ne partez pas de l'île sans avoir visité :

- la *Casa del Volcán*, résidence de l'artiste ;
- le saisissant *mirador del Río,* s'offrant une vue sur l'île de La Graciosa ;
- *le jardin fleuri* de plus de 7000 cactus ;
- les tubes volcaniques tels les *Jameos del Agua* et la *Cueva de los Verdes.*

Allez flâner dans les villages et à la fameuse plage de Papagayo, d'une beauté à couper le souffle où des paysages remarquables vous attendent.

Et surtout, ne ratez pas le parc national de Timanfaya où vous pourrez contempler 25 cratères et en profiter pour déjeuner au restaurant El Diablo où les plats cuisent grâce à la chaleur terrestre.

— Attends-moi, Efraín. Je vais louer une voiture dans cette agence.

— Ce n'est pas la peine. Teobaldo y Tere sont dehors sur le parking.

— Qui c'est Teobaldo y Tere ?

— Les enfants de Saturnino y sa femme, Carmen.

Une chose semble certaine, Efraín est efficace.

Teobaldo et Tere nous guettent au dépose-minute. Efraín me les présente et je les salue avec bienséance. Nous grimpons dans la voiture et Teo se dirige vers la sortie de l'aéroport.

— On va où, maintenant ?

— Saturnino et Carmen vivent à Arrecife. Nous y parviendrons dans moins de dix minutes.

Saturnino nous accueille. Je me trouve face à un homme qui respire la tranquillité et la sagesse. Il parle doucement et de manière distincte, dégageant un charme naturel. Ses qualités semblent encore plus impressionnantes compte tenu de son âge avancé.

— Entrez, dit-il. Vous êtes ici chez vous.

Nous pénétrons dans sa maison. Elle allie modestie et chaleur. Des étagères en vieux bois, patinées par le temps, révèlent une multitude de livres qui ornent les murs et qui témoignent de sa passion pour la lecture. Ils ont placé leur télévision en face du canapé. Quant à la cuisine, elle se trouve dans la même pièce. De nombreux cadres qui contiennent des photos de famille et d'amis racontent une vie bien remplie. Carmen se dévoile tout aussi charmante que son mari. Les premiers instants sont empreints d'humilité et de silence. Chacun semble s'imprégner de l'atmosphère paisible de la maison en observant les lieux et en se préparant à la conversation à venir. Je les salue tout en ressentant de l'intimidation, puis j'attends sans rien dire.

Ils nous invitent à nous asseoir autour de la table, et chacun de nous prend place avec respect. Saturnino parle d'une voix douce et sereine :

> — Alors comme ça, tu dois remplir une mission et tu voudrais que je t'aide ?
> — Oui, Saturnino.

J'ouvre mon porte-document et en sors la photo qui a été prise dans la grotte.

> — Ah ! Mais attends, j'ai faim. Carmen nous a préparé un copieux petit déjeuner. Nous allons nous régaler.

Carmen dépose les victuailles sur la table. L'arôme appétissant du gofio sucré emplit la pièce. Je remarque des fruits et des laitages, et le miel de La Palma est prêt à se marier avec le queso de cabra artesanal.

Efraín me regarde et me chuchote :

> — Attends, nous allons nous recueillir quelques secondes. Saturnino va dire une prière.

Le vieux sage prononce ses vœux en bénissant les aliments qui nous sont offerts. Il prie également pour que je réussisse ma mission.

— Amen, y que disfruten !

À peine a-t-il fini son gofio et englouti trois ou quatre tranches de fromage, qu'il demande :

— Bueno, cette photo, je peux la voir ?

Je lui tends le cliché.

Il l'observe attentivement, son regard fixé sur les détails. Un silence respectueux règne dans la pièce. Chacun attend avec anticipation ses paroles.

Il se lève de sa chaise et se dirige vers l'une de ses étagères. Il ajuste ses lunettes, saisit un livre et le parcourt pendant quelques secondes. Il le repose et en attrape un deuxième. Il prend plus de temps. Il le referme et le range soigneusement parmi les autres. Il revient ensuite s'asseoir face à nous :

— Ce n'est quand même pas bien compliqué.

Teobaldo, Tere et Efraín éclatent de rire. Pour ma part, je reste assez éberlué par cette déclaration.

— Regarde, laisse-moi t'expliquer.

Il pose la photo sur la table et en fait une description précise.

— Reprenons les détails un à un. Au centre, c'est une lance. À l'une de ses extrémités, un gecko est taillé dans un morceau de roche. Je n'ai aucun doute, c'est la lance d'Adjoña.

— Et les flèches en haut et en bas, que représentent-elles ?

— Attends... Tu es trop pressé... Tu es comme tous les jeunes de ta génération... Tu vas trop vite.

— Disculpame !

Il reprend, et je suis bien décidé à ne plus l'interrompre.

— On peut observer treize lignes finement ciselées autour de la lance. Le chiffre treize ne concorde pas avec notre passé. Tu dois considérer 9 + 4 lignes. Ce n'est pas une flèche en haut et une autre en bas. Les quatre lignes du haut représentent le Teide. En son point proéminent, le Teide s'élève à 3718 mètres. Sur la gravure, la hauteur, de la base jusqu'au sommet, est de 5,38 cm. Si tu multiplies 3718 par 5,38 qui doit être estimé comme une échelle, tu obtiens très exactement 20 000. La flèche en pierre taillée est orientée vers le bas. La lance se trouve dans le sud de l'île. Au bout de sa pointe, on observe une dernière ligne. Elle représente l'océan. C'est au bord de la mer que t'attend ce que tu dois retrouver. Quant au gecko, tout comme le Teide, il symbolise quelque chose de très fort pour les Guanches. Je suis fatigué à présent, je dois me reposer. Tu dois maintenant découvrir la signification des huit autres lignes restantes. Quand tu seras de retour à Tenerife, tu devras utiliser les moyens modernes pour révéler le lieu qui indique où est enfouie la Lance de Paix. Et rappelle-toi qu'elle dort dans le sud de Tenerife, en front de mer et à 20 000 mètres à vol de Puffin de Scopoli[2] en partant du cratère du Teide.

Subjugué par ces nouvelles analyses, je ressens une profonde gratitude envers Saturnino et Carmen pour leur accueil chaleureux et ces précieuses informations fraîchement partagées. Nous nous apprêtons à quitter leur domicile, cependant je ne peux m'empêcher de lui poser une dernière question :

> — Saturnino, les incendies en cours à Tenerife dessinent des formes qui ressemblent étrangement à celles du croquis. Ces traits présents des deux côtés, c'est un hasard, n'est-ce pas ?

Saturnino répond d'un ton assuré :

> — Ne me parle jamais de hasard. C'est un message clair que les Guanches souhaitent faire passer à travers cet incendie. Tu te retrouves en face d'une véritable urgence. Tu dois agir vite pour mettre fin à cette destruction de Tenerife par la main humaine.

Nous les quittons, et au moment où la porte de leur domicile se referme derrière nous, un pincement de tristesse envahit mon cœur. Je réalise à quel point j'ai eu la chance inouïe de rencontrer un homme d'une telle générosité, d'une telle sagesse.

Il est 13 heures, notre avion décolle dans un peu moins de deux heures et demie. Teo suggère d'aller prendre un verre dans le centre piétonnier d'Arrecife. Nous nous y rendons, laissant nos pensées vagabonder autour des révélations de Saturnino et des spéculations concernant les huit lignes restantes. Je promets à Teo et Tere de les tenir informés dès que j'aurai découvert la signification de ces lignes.

Le temps est venu d'aller à l'aéroport. L'avion décolle à 15 h 20. À 16 h 10, je pose à nouveau les pieds sur le sol de Tenerife. Miros est présente pour nous accueillir.

Je raccompagne Efraín à son domicile, dans les hauteurs de Santa Cruz et en le quittant, je lui exprime ma profonde gratitude. Je lui promets de le contacter très prochainement.

Nous rejoignons la finca en un peu plus d'une heure. Christophe vient tout juste d'arriver également. Devinez où il était ? Mais non, il n'était pas en train de faire du parachute ascensionnel. Il a passé sa journée à plonger avec mes amis Dan et Shona.

Nous nous posons au bord de la piscine et je m'attelle à révéler dans les moindres détails toutes les informations reçues. Miros me glisse avec malice :

— La nuit risque de s'étendre.

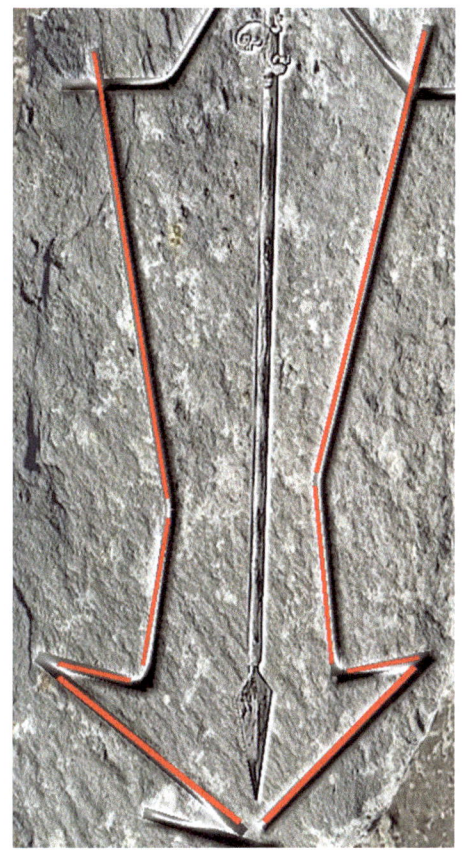

Je réponds avec un sourire complice :

— C'est fort probable.

Comme Miros l'avait deviné, nous n'avons pas fermé l'œil de la nuit. Après avoir pris un léger repas, nous nous sommes installés devant l'ordinateur, entourés de plans de Tenerife et de différents livres, allant de l'histoire aux récits de voyage. Chacun d'entre nous propose des hypothèses en échangeant des théories et analyses. C'est à cinq heures du matin, après avoir bu un demi-litre de café chacun, que nous étions convaincus d'avoir découvert la signification des dernières lignes. Grâce à Naty d'ailleurs, puisque, un peu plus tôt dans la nuit, elle a eu l'idée d'ouvrir un plan sur le Web. Elle a placé un point de départ au centre du cratère du Teide, et l'a fait glisser en direction des côtes sud de l'île jusqu'à ce que la distance atteigne 20 000 mètres.

La solution la plus plausible et néanmoins évidente nous a conduits à un village entre Las Americas et Los Gigantes, appelé Playa San Juan. Ainsi, nous avons pu identifier plusieurs positions le long de l'Avenida Emigrante, également connue sous le nom de Paseo, qui indiquent très exactement un itinéraire de 20 000 mètres à partir du Teide. Le premier de ces points est situé au croisement de la calle Isla de El Hierro. En remontant l'avenue, nous en avons repéré plusieurs autres qui correspondent à cette distance. Quant au dernier, il se trouve à une cinquantaine de mètres de la calle La Falua. Nos appréciations nous assurent que la Lance de Paix doit être dissimulée dans cette zone d'une longueur de 215 mètres.

Un examen plus minutieux des alentours de Playa San Juan nous a permis de découvrir la signification des huit lignes restantes. Elles représentent le barranco del Valo à l'ouest de Playa San Juan et celui de San Juan à l'est. Cette précision nous a confortés dans notre hypothèse. Nous sommes déterminés à concentrer nos recherches dans ces 215 mètres le long de l'Avenida Emigrante. La Lance de Paix doit reposer ici.

Nous sommes tous épuisés, nos pensées sont en ébullition après des heures d'analyses intenses. Voyant nos regards fatigués et nos esprits en émoi, je suggère un moment de détente.

Tamatti, *pues, ya está !*

Mardi 22 août 2023, il est 13 h 30. Nos esprits s'éveillent au ralenti, comme si les heures de recherche et de déduction précédentes nous avaient laissés engourdis. Après un bon petit-déjeuner, nous prenons un moment pour faire le point. La tâche qui nous attend, à la fois simple dans sa mesure et complexe dans son défi, est de parcourir une distance de 215 mètres. Chaque pas est chargé d'espoir et de questions. Comment aborder cette mission ? Comment découvrir l'indice qui nous guidera vers la Lance de Paix ? La pression demeure tangible, mais nous décidons de l'appréhender avec calme.

J'avance l'idée d'effectuer des repérages dans l'après-midi. Peut-être que nous dénicherons un détail, quelque chose d'anormal, une anomalie dans le paysage qui nous mettra sur la voie. Miros souligne, à juste titre, que le temps a probablement laissé son empreinte sur l'environnement au cours des 130 dernières années. Malgré cela, nous ne risquons rien à entreprendre une visite du pueblo. C'est une promenade qui nous rapprochera sans doute de la vérité.

Nous pénétrons dans le village et empruntons l'Avenida Emigrante. Notre espoir s'évanouit rapidement devant la vision d'horreur qui s'offre à nous. L'avenue est barrée et en travaux sur une bonne partie de sa longueur. En tout cas, celle que nous devons précisément explorer. Un sentiment de frustration mêlé de déception nous envahit.

Comment entreprendre des recherches dans ces conditions ?

Nous décidons d'une trêve pour nous ressaisir et optons pour une pause gourmande dans une heladería du paseo, La Cremería. Autour d'une glace piña ron délicieuse, made in Simone, nous reprenons nos esprits et échangeons nos pensées. Christophe souligne que la lance est probablement encore enfouie, sinon nous aurions entendu parler de sa découverte. Cela nous remonte le moral et nous incite à poursuivre nos recherches malgré les obstacles. Les travaux en cours ont déjà remué la terre, ce qui aurait été autrement impossible sans cela. Nous tentons de voir le côté positif de la situation.

L'après-midi est consacré à une promenade le long des 215 mètres d'intérêt. Nous restons attentifs, scrutant chaque détail du paysage. Des passants se mêlent à nous, les ouvriers continuent leur tâche. Nous prenons des notes mentales, consignant tout ce qui pourrait nous sembler étrange ou insolite. Ce n'est qu'une première phase, une préparation à la nuit à venir, où je reviendrai seul pour poursuivre les recherches dans l'obscurité.

Le temps file et nous décidons de regagner notre point de départ. Le chemin étroit nous conduit vers notre véhicule, et nous remarquons que certains ouvriers quittent progressivement le chantier. Nous avançons, plongés dans nos pensées. Soudain, un cri de frustration perce l'air :

— Joder, qué demonios es ?

Nous tournons machinalement nos regards vers l'endroit d'où provient ce raffut. Une mini-pelleteuse est à l'arrêt. Elle a heurté une masse de roche qui semble avoir provoqué son enlisement et bloqué l'une de ses roues dans une tranchée. La scène attire notre curiosité, et nous nous approchons pour observer la situation de plus près. L'engin de chantier lutte désespérément pour se libérer de son piège, ses moteurs grondent en vain contre la résistance du roc. Un ouvrier, muni d'une barre en fer, tape furieusement sur le bloc. La colère et une certaine nervosité sont palpables. Nous échangeons un regard intrigué. C'est peut-être le hasard, peut-être un signe, néanmoins cette perturbation brutale a capté notre attention.

On en entend un autre gueuler :

— Pues, ya está ! Ya veremos mañana, es la hora. El trabajo ha terminado por hoy.

À mesure que les terrassiers et les maçons quittent progressivement le chantier, notre curiosité l'emporte et nous nous approchons du lieu de l'incident. Ce que nous découvrons dépasse toute attente. Devant nous, niché dans

102

un trou creusé dans le sol sur une profondeur d'environ 80 centimètres, repose un coffret. Il représente un parallélépipède taillé dans la pierre qui mesure à peine un mètre cinquante de long sur trente centimètres de large. Bien que partiellement enseveli, il apparaît clairement visible grâce au travail des employés.

Notre stupéfaction est manifeste face à cette trouvaille inattendue. Sans perdre un instant, je prends mon téléphone pour enregistrer les coordonnées GPS de cet endroit prometteur. Une série d'émotions contradictoires m'envahit. L'excitation d'une possible découverte, la crainte de l'inconnu et l'émerveillement devant l'énigmatique coffret enfoui dans le sol depuis tant d'années.

Le point GPS se trouve très exactement à l'emplacement : **28.18108, -16.81886**

Nous échangeons des regards complices et, sans un mot, nous retournons vers la voiture. L'excitation qui nous submerge est perceptible, et sûrement un peu plus ! Dès que nous sommes à l'intérieur du véhicule, nous libérons notre joie contenue. Des cris de victoire et des éclats de rire s'échappent de nos bouches. L'émotion est si intense que je sens même une petite larme perler au coin de mon œil.

Christophe enlace Miros dans une étreinte chaleureuse. Un sourire malicieux se dessine sur mes lèvres alors que je laisse glisser dans mes pensées ce sentiment taquin : « *Eh ben, vas-y, ne te gêne pas. Tu ferais moins le malin suspendu à un parachute, hein ?* »

À cet instant, l'assurance grandit en moi, je suis certain que la Lance de Paix repose dans ce mystérieux coffret.

Je me retrouve sur place à 23 h 30, la nuit est d'une profonde obscurité. Seule une faible lueur de la lune parvient à éclairer partiellement la zone des travaux. Pendant que les derniers restaurants et bars replient leurs tables et que les ultimes clients quittent les lieux, je fais les cent pas en attendant patiemment que l'avenue devienne une bonne fois pour toutes déserte.

À minuit et quart, il ne reste plus âme qui vive dans les environs. Je m'avance sur le chantier et je me dirige aussitôt vers le coffre. Me voilà, face à lui. J'y glisse ma main en cherchant un moyen de l'ouvrir. Mes doigts trouvent un interstice et j'y faufile une barre métallique récupérée au sol. En utilisant une pierre comme levier, la dalle posée dessus commence à bouger. Je dégage la terre et la poussière qui la recouvrent. Avec effort, je parviens à la soulever et à la basculer sur le côté. À ma grande stupéfaction, je découvre un paquet enveloppé dans ce qui ressemble à des peaux d'animaux, très probablement de chèvre. Plus de doute possible, la Lance de Paix se trouve à l'intérieur de ces cuirs.

Mercredi 23 août 2023

Jeudi 24 août 2023

Aldamorana, *cállate !*

J'ouvre un œil avec une douleur lancinante dans la tête. Mes bras semblent lourds et difficiles à bouger. Quelle sensation étrange, comme si un éléphant avait choisi mon corps pour y prendre place ! Je n'ai pourtant pas fait la fête hier soir. Je tente de m'orienter et réalise que je suis allongé dans ma chambre, sur mon lit. Je me tourne pour essayer de me lever quand un soudain vertige me saisit. Miros, Christophe et Naty sont assis autour de moi, les regards emplis de préoccupation.

Miros se penche vers moi et me dit doucement :

— Repose-toi, ne force pas, on a vraiment eu peur pour toi.

— Qu'est-ce qu'il s'est passé ? On est quel jour ?

Christophe prend la parole :

— Il était 2 heures du matin et tu n'étais pas revenu. On a essayé de te joindre par téléphone, mais tu ne répondais pas. On est allé te chercher sur le chantier. On t'a trouvé étendu à côté du coffre en pierre. Il était ouvert… et vide. Tu avais la tête en sang avec une sacrée bosse sur le crâne. À tes côtés, on a ramassé un long câble électrique de gros diamètre, certainement utilisé comme matraque. Quelqu'un t'a agressé ! Puis, on t'a transporté jusqu'à la voiture et ramené à la finca. Tu dors depuis deux jours. On est vendredi, le 25 août.

J'essaie de remettre de l'ordre dans ma mémoire. Je me souviens avoir réussi à ouvrir le coffre.

— Il n'était pas vide lorsque j'ai soulevé la plaque qui était fixée sur le dessus. La Lance de Paix se trouvait à l'intérieur, enveloppée dans des peaux d'animaux. Quelqu'un nous l'a volée. Mais qui ?

Je ressens un besoin pressant de me lever et d'en savoir plus. Miros insiste :

— Dors encore un peu.

Je me rallonge avec réticence, cédant à la nécessité de me reposer. Je me replonge dans un sommeil profond. Le lendemain matin, je me réveille avec une sensation de légère amélioration. Malgré ma démarche un brin chancelante, je me dirige vers la cuisine. L'impératif d'un café frais se fait sentir avec force. Je m'assois et Miros m'en sert un.

Elle me sourit et dit :

— Regarde, on a trouvé ça à côté de toi l'autre nuit.

C'est un flyer qui annonce un concert spécial rock'n'roll au Magic Night Club Tenerife à Las Americas. Et c'est demain soir.

— J'irai.

108

Christophe stoppe mes ardeurs :

— Tu ne partiras pas du tout, tu vas te reposer tranquillement et récupérer des forces. C'est moi qui vais emmener les filles en discothèque.

Le lendemain à 23 heures, ils quittent la finca pour rouler en direction de Las Americas. Ils traversent la ville qui prend une toute nouvelle vie à la nuit tombée. L'atmosphère se transforme complètement, passant d'une ambiance détendue en journée à une énergie vibrante et électrisante une fois le soleil couché.

Les rues de Las Americas laissent apparaître une cascade de néons, d'éclairages éclatants et de panneaux lumineux, créant un spectacle saisissant qui peut parfois friser l'excès. Les enseignes éblouissantes qui clignotent à chaque coin de rue métamorphosent l'Avenida de las Americas en un véritable aimant pour les fêtards nocturnes. Des foules bruyantes envahissent constamment les trottoirs, principalement des vacanciers avides de divertissement. Les bars, clubs et discothèques de Las Americas vivent en effervescence, offrant une gamme étonnamment variée de styles musicaux, souvent à un volume assourdissant et dans une ambiance démesurée. Çà et là, malheureusement, on peut voir quelques touristes succomber à l'excès, vidant leur estomac derrière des conteneurs à déchets après avoir consommé des hamburgers bas de gamme. C'est l'un des inconvénients potentiels d'une nuit passée dans ces bars sombres. Les ruelles adjacentes à l'avenue principale peuvent parfois accueillir des artistes en tout genre, tels que jongleurs, musiciens et danseurs, apportant une touche de folie à cette vie plutôt superficielle.

En résumé, Las Americas by night est une véritable tornade sensorielle, une fusion fatigante d'orchestration assourdissante, de lumières éblouissantes et d'une énergie débordante, créant une expérience nocturne qui se prolonge bien après le lever du soleil.

Christophe, Miros et Naty sont devant le Magic Night Club Tenerife. Ils se dirigent vers la réception.

— Hola, trois entrées, s'il vous plaît.

— Hola, bienvenue. Soixante euros, s'il vous plaît.

— Muchas gracias.

L'ambiance dans la boîte de nuit est électrique, la musique résonne dans des enceintes aux basses saturées et les lasers virevoltent au rythme des sons. Assis autour d'un guéridon, chacun d'entre eux scrute attentivement chaque visage. Ils passent commande de leurs boissons et observent discrètement la foule. De temps en temps, les filles se lèvent pour danser au milieu de la piste.

Un groupe d'hommes et de femmes fait son entrée. Les regards se croisent et Christophe fixe l'un des gars avec suspicion. Ses yeux s'écarquillent lorsqu'il réalise qu'il n'est autre que le Padre de la Ermita del barrio del Pozo. Une tension palpable envahit l'atmosphère. Les souvenirs et les émotions se bousculent dans l'esprit de Christophe. Miros et Naty remarquent immédiatement que quelque chose ne va pas depuis l'entrée du groupe. Inquiètes, elles le questionnent pour comprendre sa réaction. Christophe les regarde, visiblement perturbé, et déclare :

— Faut qu'on sorte d'ici. J'ai la réponse qu'on est venu chercher.

Son ton est déterminé, et ses yeux expriment une résolution profonde. Miros et Naty échangent un regard intrigué, mais elles lui font confiance et se préparent à quitter la boîte de nuit.

Pendant le trajet de retour, Christophe explique tout en détail :

> — Un des hommes du groupe qui a retenu ma curiosité est le curé de El Pozo. Rappelez-vous, il était là à nous attendre le 15 août quand on a exploré le puits. Et Thierry a fait une photo de lui la veille. Je n'ai aucun doute, c'est lui.

Naty et Miros l'écoutent attentivement, tout en essayant de connecter les pièces du puzzle. Une atmosphère de tension règne dans la voiture alors que les implications de ces révélations commencent à se faire sentir.

Ils arrivent à la finca où je les attends. Christophe entre à la hâte, visiblement excité, et me raconte en détail tout ce qui vient de se passer et ce qu'il a vu dans la boîte de nuit. Naty et Miros confirment ses propos et ajoutent quelques détails. Je les écoute avec attention, réalisant peu à peu l'ampleur de la situation. Le curé de El Pozo serait impliqué dans tout cela ? Cela semble presque inouï. Nous nous asseyons autour de la table de la cuisine, et Christophe reprend son souffle avant de continuer à expliquer les liens entre les différents événements et personnes.

— Le curé nous espionne depuis le début. Ses actions et sa complicité dans ces événements apparaissent bien plus sombres que ce que l'on peut imaginer. On doit maintenant réfléchir à la manière de procéder. Notre sûreté est primordiale, et nous devons rester vigilants et prudents dans nos démarches. Il va falloir adopter toutes les précautions nécessaires pour se préserver et protéger la Lance de Paix.

— Absolument ! On doit retrouver la Lance de Paix. C'est notre objectif principal. Vu la situation et les personnes impliquées, nous devons prévoir en détail chaque étape. On doit s'assurer d'une approche discrète, bien organisée et sécurisée. On va élaborer un plan pour la récupérer tout en évitant les risques.

— Bon ! On n'a pas le choix. Je vais appeler mes amis. Ce sont tous des armoires à glace, mais malgré cela ils sont super sympas et ils ne feraient pas de mal à une mouche.

— C'est qui ?

— Job, Eliam, Moïse, Fernando, Yael et Lucas. Les six pratiquent la lutte canarienne. Si tu les as en face de toi, tu n'as pas vraiment envie de jouer au malin. Les six mesurent au moins un mètre quatre-vingt-dix pour cent vingt kilos de muscles. C'est dissuasif. Je leur demanderai d'aller rendre visite au curé et de récupérer la Lance de Paix. Je les contacterai demain à la première heure.

Lundi 28 août, il est 7 h 45 et mes six amis se rassemblent à la finca pour le petit-déjeuner. Pendant qu'ils dévorent les crêpes au gofio que Naty a préparées pour l'occasion, j'expose la situation en détail. J'en profite pour les informer de ma découverte à propos du curé en faisant des recherches sur le net.

— Naty, tu peux amener cinq ou six crêpes, y en a plus.

— Quoi ? J'en ai cuisiné une cinquantaine, ils ont déjà tout bouffé ? Ben y en a plus !

— Ah !

Je continue de peindre la personnalité du curé. Connu sous le nom de Padre Fabiano, c'est une figure respectée de la communauté. Avec sa prestance et sa voix apaisante, il a réussi à conquérir la confiance de nombreux habitants d'El Pozo et des pueblos environnants. Tout le monde le pense dévoué à son rôle de serviteur de Dieu, guidant les âmes sur le chemin de la paix et de la rédemption.

Pourtant, sous cette façade pieuse se cache un homme aux motivations bien moins nobles. Passionné par l'appât du gain, le Padre Fabiano avait entrepris de diversifier ses sources de revenus en s'immisçant dans le secteur immobilier. Il avait démarré par des locations d'appartements et des transactions foncières douteuses, amassant ainsi un petit trésor personnel. En tout cas, cela ne lui suffisait pas.

— J'en déduis qu'il est doté d'une lucidité hors du commun, il est sans relâche à l'affût de toute circonstance opportune pour s'enrichir. C'est pourquoi il s'est intéressé de près à nos explorations dans le puits d'El Pozo. Il a probablement flairé quelque chose d'attrayant et il a commencé à nous suivre discrètement. Lorsqu'il a appris que nous étions à la recherche de la Lance de Paix, il a décidé de la voler pour éviter qu'elle ne répande son pouvoir pacifique sur Tenerife. Ça l'empêcherait de continuer ses trafics.

Face à un dilemme qui oppose l'appât du gain à la sauvegarde de la culture et de la paix de l'île, mes six amis échangent un regard convaincu. Comme si un accord tacite s'était formé entre eux, d'une seule voix, ils assurent :

— Nous allons retrouver Fabiano et rapporter la Lance de Paix.

Dans une opération audacieuse, mes six compagnons ont rapidement repéré la résidence du Padre Fabiano. D'un puissant coup d'épaule, Fernando enfonce la porte d'entrée, ouvrant ainsi le chemin pour l'équipe. Le son fracassant qui résonne dans l'air témoigne de leur détermination à atteindre leur objectif. Leur énergie et leur stature imposante sont suffisantes pour intimider le Padre Fabiano. Job agrippe le prêtre par le col et le force à s'asseoir sur une chaise.

— Tu vas nous donner la Lance de Paix, ordonne Moïse.

— Vous ne pouvez pas faire ça, je la cherche depuis plus de 40 ans. J'ai parcouru l'île du nord au sud, de l'est à l'ouest. J'ai remué des milliers de tonnes de terre, de roches et de galets. J'ai soulevé des montagnes de sable à El Médano où j'avais une piste sérieuse. Je suis même allé dans cet édifice français,

Marazul, à Callao Salvaje. Je sais qu'autrefois des puits se trouvaient par là-bas. C'était une possibilité crédible. Vous comprenez, vous ne pouvez pas me reprendre la lance.

Avec sa monstrueuse paluche, Lucas assène un coup sec sur le crâne du curé :

— Cállate ! On ne veut plus jamais entendre parler de toi. Reste tranquille. Ce serait vraiment regrettable que tu te retrouves accidentellement coincé dans un barranco isolé, loin de tout.

Sa voix portait un avertissement sérieux en laissant entrevoir des conséquences désastreuses. Après quelques instants de négociation, plus ou moins turbulente, Padre Fabiano, aidé par une deuxième torgnole, cède et leur remet la précieuse Lance de Paix qui est toujours enveloppée dans les peaux de chèvre.

Mes amis reviennent directement à la finca pour me restituer la Lance de Paix en main propre. Avec précaution, j'écarte la protection formée par les pellicules de cuir et la laisse dévoiler sa splendeur. Devant nos yeux ébahis, nous la contemplons pendant plusieurs minutes, un silence respectueux plane dans la pièce. Avec vigilance, je la replace délicatement dans son enveloppe.

La découverte du trésor provoque en moi une vague de soulagement et un réel bonheur. Cependant, je reste conscient que la mission est loin d'être terminée. Notre prochaine étape consiste à localiser le Puits de Sérénité.

Quant à l'endroit où elle est maintenant en sécurité, je préfère garder le lieu secret, pour éviter tout risque de mauvaises intentions similaires à celles du Padre Fabiano. On ne sait jamais, si vous aviez les mêmes desseins malveillants. Amen !

Mardi 29 août. Christophe et Naty doivent prendre congé et repartir en France. L'atmosphère est chargée d'émotion. Nous sommes tous réunis à la finca comme une famille élargie qui a partagé des moments intenses. La fatigue et l'excitation des événements passés se lisent sur nos visages. Les sourires cachent à peine une pointe de nostalgie. Naty serre Miros dans ses bras, lui exprimant ainsi le lien fort qui s'est formé entre elles. Christophe me prend à part, le regard sérieux.

— Tu sais, ce n'est pas facile de partir maintenant, après tout ce que nous avons vécu.

— Je comprends, Christophe. Ces moments resteront gravés dans nos mémoires, et je suis reconnaissant de vous avoir eu à mes côtés.

Je ressens une profonde gratitude. Naty et Miros partagent un ultime regard en échangeant des paroles à demi-silencieuses. Puis, ma petite famille grimpe dans le taxi qui les attend. Avec un dernier geste, Christophe et Naty quittent la finca.

Me voilà désormais seul avec Miros. Après toutes ces péripéties, c'est agréable de retrouver un peu de tranquillité. Cependant, notre mission n'est pas encore achevée. Il nous reste à découvrir l'emplacement du Puits de Sérénité.

Mercredi 30 août 2023. La Lance de Paix est en sécurité, pourtant notre tâche est loin d'être terminée. L'objectif suivant est de localiser le mystérieux Puits de Sérénité. Miros, assise en face de moi, me lance un sourire encourageant :

— Nouvelle journée, nouvelles analyses, dit-elle doucement.

Nous discutons de nos prochaines étapes, et elle souligne que des indices subtils ou des manifestations surnaturelles pourraient guider nos efforts :

— Peut-être que les Menceys nous enverront d'autres messages, des rêves ou des visions. On a déjà appris qu'ils étaient maîtres dans l'art de la communication, alors pourquoi ne pas attendre leurs signes ?

Nous nous mettons à consulter des livres anciens, nous combinons nos recherches avec les moyens modernes. Des plans et des cartes en tout genre sont étalés sur la table. Nous nous retrouvons plongés dans un véritable jeu de déduction et de correspondances. Les ouvrages s'entremêlent, formant une toile complexe de symboles et d'indices. Avec exactitude, je tire des traits qui relient des sommets de montagnes aux abimes des barrancos, de l'est à l'ouest de l'île. Chaque point d'intérêt mystique ou ancien est précisément repéré. Miros effectue des calculs méthodiques d'angles par rapport au nord et au sud.

Les heures passent, les lignes se croisent, les correspondances se dessinent peu à peu. Chaque détail compte, chaque trace peut être la clé pour déverrouiller le mystère du Puits de Sérénité. Miros et moi, les yeux rivés sur cet amas de papier, laissons notre imagination et notre détermination guider nos recherches.

Les aiguilles de l'horloge se rapprochent de 18 h 40 quand le carillon du portail retentit. C'est le facteur. D'un pas décidé, je m'avance à sa rencontre. Il tient entre ses mains un paquet soigneusement enveloppé. Il me le tend en échange d'une signature. Je prends le colis en ressentant l'intuition et la curiosité monter en moi. Mon nom est inscrit sur l'étiquette du destinataire, mais anormalement, le champ réservé à l'expéditeur apparaît vide. Je paraphe pour réception et remercie le facteur. Je referme le portail.

Maraua, *la ligne droite*

Je dépose l'emballage sur la table, à côté des cartes, des plans et des indices qui ont occupé nos pensées toute la journée. L'atmosphère se charge d'excitation et d'attente, car je sens qu'il pourrait contenir des réponses, des pistes ou des éléments clés pour poursuivre nos actions.

Avec précaution, je défais les attaches pour révéler lentement ce qui s'y trouve. Mon cœur bat un peu plus vite lorsque j'aperçois un livre. Je le saisis délicatement et parcours du regard sa couverture et son titre. C'est un ouvrage sur la mythologie des Guanches.

> — Amor, arrête de le tourner ainsi dans tous les sens. On doit commencer par le début. Prends ton temps pour le lire.

Je hoche la tête en accord avec Miros en reconnaissant que l'empressement ne nous mènera nulle part. Nous nous asseyons sur le canapé, le livre entre nos mains, nous nous lançons dans la lecture en cherchant des signes, des liens et des vérités cachées dans les paragraphes de ce mystérieux ouvrage.

En à peine deux heures, nous avons parcouru sa centaine de pages qui abordent beaucoup de sujets. De l'antiquité à la politique Guanche en passant par leur musique, les méthodes de pêche ou leur religion. Et davantage encore. Nous avons pris des notes, griffonné des idées et des indices sur une feuille de papier, toutefois jusqu'à présent,

119

rien de vraiment saillant ne retient notre attention. Je me tourne vers Miros et lui partage mon sentiment de perplexité.

Je réfléchis à haute voix :

— Nous avons besoin de quelque chose en relation avec un puits… donc d'eau. Je crois qu'on doit faire une deuxième lecture de ce livre, en nous concentrant principalement sur tout ce qui se rapporte avec cet élément. Que ce soit la mer, les puits, la pluie et même la fonte des neiges du Teide… Absolument tout.

Miros approuve cette nouvelle approche. Nous remettons l'ouvrage entre nos mains et, d'un regard plus affûté, nous recherchons des détails et des indices surtout liés à ce composant aquatique. Nous scrutons chaque mot, chaque paragraphe avec attention, dans l'espoir de dénicher la clé qui ouvrira le mystérieux Puits de Sérénité.

Nous nous arrêtons plus particulièrement sur une partie qui traite de l'Atlantide. C'est le seul chapitre de ce livre qui parle d'eau aussi conséquemment. Nous décidons de nous y intéresser de plus près.

Depuis des temps anciens, les îles Canaries ont été désignées sous le nom historique de « *Îles Fortunées* ».

En l'année 1335, deux navires affrétés par le monarque portugais du moment accostent à Lisbonne après avoir atteint les îles Canaries en juillet de cette même année. À bord de ces bateaux se trouve un petit groupe de captifs Guanches. Les récits de cette expédition ont été préservés, ils décrivent ces terres rocailleuses dépourvues de toute forme d'agriculture, abondantes en chèvres et autres animaux sauvages, ainsi qu'en hommes et femmes à l'aspect inhospitalier et dénudé. Les premiers Guanches s'alimentent de lait et se servent d'outils rudimentaires comme des cailloux et des pics de bois taillés pour leur défense. Ils vivent à un stade de développement comparable à l'âge de pierre. Leur agilité apparaît telle qu'ils grimpent les montagnes avec la même aisance que leurs homologues caprins et se distinguent par leurs compétences de coureurs hors pair.

Dans les décennies qui suivirent, les îles Canaries deviennent une destination privilégiée pour les marins, attirés par l'opportunité de capturer des individus pour les vendre comme esclaves en d'autres lieux. Les explorateurs espagnols sont surpris de découvrir des autochtones d'une grande stature, aux cheveux blonds et à la peau claire. Une fois qu'ils parviennent à communiquer dans leur langue, les Espagnols sont stupéfaits d'apprendre que les Guanches imaginent être les seuls habitants de la planète. Ils sont persuadés de rester les rescapés uniques d'une catastrophe dévastatrice qui, plusieurs millénaires auparavant, a anéanti toute l'humanité. Cette observation participe à alimenter le mythe de l'Atlantide.

Aujourd'hui encore, beaucoup croient que les Canaries sont ce qui subsiste du grand continent englouti. D'autres sont convaincus que les Canaries sont non seulement les vestiges de l'antique Atlantide, mais aussi que les natifs de ces archipels étaient les véritables survivants des Atlantes.

L'Atlantide est une légendaire île ou une civilisation qui aurait existé dans le passé, souvent évoquée par le philosophe grec Platon dans ses dialogues « Timée » et « Critias ». Selon la description de Platon, l'Atlantide se situe au-delà des Colonnes d'Hercule (généralement identifiées comme le détroit de Gibraltar) et a sombré dans l'océan en une seule journée et une seule nuit, en raison de châtiments divins.

Pour quelques scientifiques et chercheurs, l'Atlantide se trouve au point GPS : **31.254314, -24.258481**

Précipitamment, nous nous dirigeons vers l'ordinateur, Miros entre les coordonnées exactes et nous attendons avec impatience l'image qui va apparaître. L'écran affiche une vue aérienne qui nous laisse sans voix. Des lignes horizontales et verticales nettement visibles se croisent, suggérant des fondations ou des restes de maçonnerie et donc la possibilité d'une ancienne cité à cet endroit précis.

Cependant, si c'est bien l'Atlantide, elle se trouve à une distance considérable, à 800 kilomètres au nord-ouest de l'archipel.

— Quoi, on doit partir à la recherche de l'Atlantide ? Non, mais qu'est-ce que c'est que ce bin's ?

— Calme-toi, Miros ! Pas du tout. Je suis persuadé que c'est une piste, un message. On doit focaliser nos efforts ici.

Les expressions sur le visage de Miros laissent transparaître un certain soulagement. Nous reprenons nos traçages pour y connecter des points. Notre compas forme des cercles de toutes dimensions. Nous zoomons sur les images des fonds marins pendant des heures à la recherche du moindre indice, du plus petit symbole, du dessin qui pourrait nous orienter. L'espoir d'une piste secrète grandit en moi, mais cela devient épuisant. Je propose à Miros de faire une pause. Nous nous installons au bord de la piscine pour profiter de la chaleur apaisante qui nous enveloppe. Nous prenons un instant pour souffler et réfléchir à notre prochaine étape.

Pendant que nous parlons, nous dégustons un en-cas composé de tapas variées et d'une salade fraîche. Les saveurs locales se mêlent dans notre palais, et chaque bouchée est une célébration de la culture et de la cuisine de Tenerife. Un verre de vin régional accompagne notre repas, ce qui ajoute une touche de douceur à notre moment de détente.

Miros propose un toast à l'aventure, à l'amour et à la poursuite de la vérité. Je trinque avec elle, nos regards se croisent, notre lien reste fort et précieux. Les épreuves traversées ensemble ont intensifié notre relation, et nous sommes plus déterminés que jamais à résoudre le mystère qui plane autour de la Lance de Paix et du Puits de Sérénité.

Je prends la main de Miros dans la mienne. Nous nous tenons prêts à faire face à tous les défis que l'avenir nous réserve.

De retour à l'ordinateur, nous plongeons à nouveau dans nos croquis, schémas et dessins. Le temps passe. Nous continuons d'analyser chaque détail de ce chapitre pour tenter de repérer des indices subtils liés à l'eau. Les mentions de rivières, de lacs, de sources et de puits attirent particulièrement notre attention. Nous comparons ces références à notre connaissance de l'île en essayant de trouver des correspondances ou des similitudes.

Les noms de lieux anciens éveillent notre curiosité. Nous lançons des recherches en ligne pour en savoir plus sur ces endroits et leur signification dans l'histoire de Tenerife. Nous partageons nos idées et nos théories à voix haute, utilisant notre esprit critique pour discuter des différentes possibilités. Les réflexions sont animées, parfois même passionnées.

Miros pointe du doigt une autre référence dans le livre. C'est une source cachée dans une forêt dense, près d'une montagne sacrée. Elle se souvient que lors de l'une de nos précédentes escapades, nous avions entendu parler d'une ancienne fontaine naturelle dans la forêt d'Anaga, réputée pour sa beauté et sa tranquillité.

Un frisson d'excitation parcourt nos échines. Serait-ce une piste solide à suivre, une indication sur le Puits de Sérénité ? Nous nous empressons de zoomer sur le plan afin de scruter chaque détail de la forêt d'Anaga et des montagnes environnantes. Malgré nos efforts, rien ne nous saute aux yeux, aucune évidence ni révélation.

Nous prenons la décision de mettre cette piste de côté pour le moment. Peut-être que de nouveaux indices se présenteront à nous plus tard, nous permettant de relier cette référence à des éléments tangibles sur la carte. Nous éteignons l'ordinateur, conscients que parfois, une pause peut s'avérer bénéfique pour la clarté de l'esprit. Nous savons que la solution se trouve à notre portée, mais elle demande peut-être un peu plus de temps pour se révéler.

Nous allons nous coucher. Demain sera un autre jour !

La nuit a été courte. Les marques du sommeil semblent dessiner des stries sur mon visage fatigué. Des flèches imaginaires, des centaines de gribouillis, les contours d'idées et de plans. Je repense à toutes ces infos, à toutes ces données que nous avons compulsées. Chaque détail compte, chaque trace, chaque indice pourrait être la pièce manquante du puzzle que nous sommes si proches de résoudre. Mon esprit parcourt en boucle ces images abstraites, s'efforçant de trouver la corrélation entre les différents éléments.

L'espoir de découvrir le Puits de Sérénité est palpable et reste embrouillé avec le défi de démêler cette toile complexe. Je profite des rayons du soleil filtrant à travers les volets de la chambre pour me préparer mentalement à une nouvelle journée d'enquête. Les souvenirs tourbillonnent dans ma tête, me ramenant à tout un tas de détails. Ce curé, énigmatique personnage qui faisait référence à Marazul et El Médano, la mystérieuse inscription, les paroles des Guanches.

Miros :

— Mi Amor, on a zappé El Médano !

Son ton mêle l'excitation et la frustration et je réalise d'emblée que nous avons peut-être omis un indice crucial en négligeant cette petite cité côtière. Mes yeux se posent sur l'écran de l'ordinateur, j'observe avec une attention obsessionnelle chaque détail de la carte de El Médano pour y scruter chaque pixel, chaque coin de la ville. Est-ce que tout ce mystère mène vraiment à El Médano ? Est-ce là que se trouve le Puits de Sérénité que nous cherchons ?

Miros et moi partageons un regard. Nous savons que nous ne pouvons pas négliger cette voie, pas après tout le temps et l'énergie que nous avons investis dans ce jeu de piste. Nous nous lançons dans une nouvelle phase d'investigation, scrutant les rues, les recoins, et les moindres détails de la ville. Car cette fois, peut-être, nous pourrions enfin trouver la réponse à toutes nos questions.

Rien de bien probant ne surgit de l'écran. Nous décidons de prendre une pause dans nos recherches virtuelles et de nous rendre physiquement à El Médano. Nous savons que dans certains cas, l'efficacité s'accroît en fouillant les endroits en personne, en ressentant l'ambiance et en percevant l'énergie des lieux.

El Médano est une charmante ville côtière située sur la côte sud-est. Connue pour ses plages de sable doré et ses eaux cristallines, la ville est un véritable paradis pour les amateurs de sports nautiques, notamment le kitesurf et la planche à voile.

En se promenant le long de la promenade maritime, on peut admirer les vues spectaculaires sur l'océan Atlantique et le Mont Roja, un cône volcanique emblématique qui domine le paysage. La plage principale, Playa del Médano, est la plus longue plage naturelle de Tenerife et offre un cadre idéal pour se détendre au soleil ou se lancer dans des activités aquatiques.

Le centre-ville est animé et convivial, avec ses cafés, restaurants et boutiques qui bordent les rues piétonnes. Vous pouvez déguster des spécialités locales dans les nombreux restaurants en bord de mer, où les fruits de mer frais et les plats canariens sont à l'honneur.

El Médano est également réputé pour son ambiance décontractée et son atmosphère bohème. Les marchés locaux et les événements culturels réguliers ajoutent une touche de charme et d'authenticité à cette ville balnéaire.

Quant aux environs de El Médano, ils offrent de nombreuses possibilités d'exploration. À quelques kilomètres de la ville, on peut découvrir la réserve naturelle spéciale de Montaña Roja, un site protégé qui abrite une faune et une flore uniques et les sentiers de randonnée autour de cette montagne offrent des vues panoramiques à couper le souffle sur la côte et l'océan.

C'est une destination idéale pour ceux qui recherchent une combinaison de détente, d'aventure et de culture, avec une touche de charme canarien.

En arrivant, la douce brise marine et l'agréable odeur iodée de l'océan nous accueillent. La ville elle-même demeure pittoresque, avec ses venelles animées, ses maisons colorées et son atmosphère détendue. Nous flânons sur les artères en vue d'observer les détails architecturaux, les ruelles étroites et les places bigarrées.

Aucun signe évident, aucune indication directe. Nous échangeons avec les habitants locaux en leur posant des questions subtiles, seulement personne ne semble avoir connaissance d'un puits mystérieux ou d'une source cachée.

El Médano s'assombrit et nous décidons de prendre un moment pour admirer le crépuscule depuis la plage. Assis côte à côte sur le sable, nous regardons le soleil disparaître. En face de nous, se dresse la splendide « *Montaña Roja* ».

C'est une petite montagne qui se trouve près du littoral. Elle est ainsi nommée en raison de sa couleur rougeâtre due à la composition de ses roches volcaniques. De temps à autre, nous grimpons à son sommet pour profiter d'une vue sublime sur la plage, l'océan Atlantique et les environs.

Il est l'heure de rentrer. Nous quittons El Médano à bord de notre bolide et passons en revue les éléments découverts et les pistes explorées. Le paysage qui défile nous rappelle que Tenerife est bien plus qu'un endroit touristique, qu'elle recèle des trésors cachés et une histoire profonde qui se mêle à la nature et à la culture.

Une fois à la finca, nous prenons quelques instants pour savourer ce sentiment d'appartenance et de sérénité que ce lieu nous procure. Nous sommes chez nous, entourés de la beauté innée de l'île.

— Mi corazón, ce soir je vais te concocter quelques pimientos de Padrón, il reste cinq ou six papas arrugadas, et si tu veux, je peux cuire un chuletón de ternera sur le barbecue. Ça te va ?

— Excellent ma chérie. Pendant que tu prépares tout ça, je vais servir la table et te faire une sangria bien fraîche.

— Merci Amor. En plus avec mon robot de cuisine new generation, je vais te mixer un mojo rojo dont tu me diras des nouvelles. Regarde cette merveille d'innovations technologiques. Il dispose de 12 fonctions et de 17 modes différents. Je peux même mettre des aliments sous vide et cuire des œufs grâce à son grand écran tactile. Enfin, je peux planifier nos repas, ma liste de courses, créer mon répertoire personnalisé à nos goûts et trouver de l'inspiration chaque jour avec les 9000 recettes installées. En plus, avec ses instructions digitales clairement affichées, il me guide pas à pas. Et, tu sais quoi ? Je l'ai eu pour moins de 1400 balles.

— Waouh, chérie. Avec tout ça, je ne doute pas un seul instant que ton mojo rojo va être succulent.

Les pimientos de Padrón grillés sont on ne peut mieux croquants. Les papas arrugadas sont parfaitement salées et le chuletón de ternera est tendre et juteux à souhait. Y, por supuesto, le mojo au poivron rouge divinement accommodé apporte une explosion de saveurs dans la bouche. La sangria déclenche une touche de fraîcheur et de douceur à notre repas. Les parfums fruités se marient à merveille avec les plats épicés, créant ainsi un équilibre idéal.

— Je reviens, me lance Miros.

Pendant qu'elle s'éclipse, j'en profite pour débarrasser la table. Le silence règne dans la pièce. J'empile les assiettes dans l'évier quand elle se met à crier :

— Thierry, viens voir, vite !

Intrigué par l'urgence qu'elle vient de déclencher, je me précipite vers le bureau. J'entre pour la trouver penchée sur l'ordinateur. Je m'approche d'elle, le cœur battant :

— Mais quoi ?

Mes yeux se fixent sur l'écran et suivent la ligne droite tracée par Miros, reliant la position GPS de l'hypothétique Atlantide à El Médano. Mes sourcils se froncent dès que je réalise que cet axe paraît englober toute la côte sud de Tenerife en délimitant des localités visitées, telles que Playa San Juan, Marazul, Callao Salvaje, Costa Adeje, Las Americas, pour finalement atteindre El Médano. Un frisson d'excitation me parcourt le dos. Je commence à connecter les points les uns aux autres. Tout ce que nous avons vécu, tous les lieux explorés semblent maintenant reliés par cette ligne mystérieuse. C'est comme si le destin avait tracé ce chemin pour nous guider vers un endroit spécifique.

Uait maraua, *la piste des acequias*

Miros et moi échangeons un regard rempli de compréhension. Nous sommes sur le point de découvrir quelque chose de grandiose, quelque chose qui pourrait résoudre tous les mystères qui nous ont intrigués depuis le début de notre aventure.

Un sourire taquin se dessine sur mes lèvres :

— Eh bien, tu devrais peut-être boire plus souvent de la sangria. Qui sait quelles idées brillantes ça pourrait t'inspirer ?

— Allez, on s'y met.

Chaque pixel de l'image est passé au crible de notre regard attentif. Nous scrutons les moindres détails en espérant déceler quelque chose qui pourrait nous livrer des indices cruciaux. Les contours des rivages, les reliefs des montagnes, les structures bâties près de la côte, tout est examiné sous des angles distincts. Nous consignons soigneusement dans nos esprits chaque nouvelle trouvaille, aussi petite soit-elle.

Les traits tracés par Miros nous fournissent un éclairage différent, une perspective qui pourrait bien changer la donne.

— Cariño, on a découvert tout ça tout seuls. On y arrive presque.

— Ma chérie, ceux qui aperçoivent la lumière avant les autres sont condamnés à la poursuivre en dépit des autres[3].

Nos yeux fatigués mais déterminés restent rivés sur la représentation, cherchant ce qui pourrait être le lien entre tous les éléments que nous avons collectés jusqu'à présent.

L'horloge marque 2 heures du matin. Nous sommes fixés depuis des heures face à l'écran lorsqu'un moment d'incrédulité surgit devant nos visages ébahis. Une image incroyable se déploie, à la fois inattendue et rêvée. Une grande étendue d'eau s'étale quelque part sur le plan. Ce qui apparaît encore plus extraordinaire, c'est que cette étendue est contenue dans une structure que nous n'aurions jamais imaginée : une immense piscine. Et mieux, elle ressemble étonnamment à un puits.

C'est à la fois inouï et fascinant. Nous restons immobiles à observer cette découverte phénoménale qui pourrait bien représenter le fameux Puits de Sérénité. Un sentiment d'émerveillement nous submerge, laissant place à l'espoir et à l'excitation pour ce qui nous attend.

Nous poursuivons l'examen de cette image incroyable, décidant de dézoomer pour obtenir une vue plus large. Et là, le nom du lieu apparaît enfin, clairement identifié sur la carte. Un mélange d'émotions nous envahit, allant de la joie à l'étonnement. Nous réalisons que tout ce que nous avons cherché, toutes les pistes que nous avons suivies, nous a conduits à ce lieu précis. Nous sommes certains que la source d'eau cachée, le Puits de Sérénité, se trouve à cet emplacement même.

Nos yeux sont fixés sur les lettres qui forment le nom de cet endroit, et nous restons tous les deux stupéfaits par notre lecture.

SIAM PARK

Un moment de confusion s'empare de nous. Comment peut-il y avoir une connexion entre ce parc aquatique bien connu et relativement récent et le Puits de Sérénité ? La disposition de l'eau, les piscines, les toboggans, tout pourrait dissimuler quelque chose de plus intense, de plus mystérieux.

Nous nous regardons, un sourire naissant sur nos visages. Une nouvelle étape commence, une phase qui nous mènera à explorer les profondeurs du Siam Park pour découvrir ce qu'il cache réellement.

Point GPS de la piscine : **28.070498, -16.724679**

Le Siam Park représente l'un des parcs aquatiques les plus populaires et spectaculaires de Tenerife. Il est largement considéré comme l'un des meilleurs d'Europe en raison de ses attractions impressionnantes et de son thème exotique inspiré de la culture thaïlandaise. D'une surface de 18 hectares, aménagé d'une végétation luxuriante, il recrée l'atmosphère de ce pays d'Asie du Sud-Est. Les visiteurs se sentent transportés dans un environnement tropical et dépaysant dès leur entrée.

Il a été conçu pour tous les âges et niveaux d'adrénaline. Également, nous y trouvons des restaurants, des stands pour manger rapidement et des boutiques. Il organise des spectacles et des événements en soirée avec de la musique en direct et des performances. En plus des sensations fortes, Siam Park offre des espaces de détente tels que des plages artificielles, des piscines tranquilles et des zones ombragées pour se reposer.

Et ce qui nous intéresse pour le moment est cette gigantesque piscine en forme de puits.

SIAM BEACH

— Nous avons fait une belle avancée. Demain, nous irons au Siam Park. Une grande journée s'annonce.

La nervosité demeure palpable à mesure que nous imaginons une hypothétique découverte.

Vendredi 1er septembre 2023. Le Parc ouvre à 10 heures. Nous partons de la finca à 9 h 15. À notre arrivée, nous rejoignons la file d'attente pour prendre nos billets d'entrée. Déjà, une foule enthousiaste se rassemble, impatiente d'accéder aux aventures aquatiques.

Nous nous engageons dans les allées et marchons parmi les visiteurs excités et émerveillés par les attractions qui les entourent. L'atmosphère est électrique, chargée d'une énergie débordante. Les cris de joie de la cohue se mêlent aux éclats de rire des enfants. C'est un endroit où le bonheur est contagieux, où chaque coin semble renfermer une nouvelle surprise.

Siam Beach se dresse devant nous, une oasis artificielle d'une beauté saisissante. La piscine s'étend à perte de vue, entourée de palmiers et de décors exotiques. Miros partage cet émerveillement. Je l'examine avec une certaine fascination en essayant d'évaluer ses dimensions approximatives. Elle avoisine les 10 000 mètres carrés, avec un périmètre que j'estime à 500 mètres. Je me tourne vers ma chérie et lui dis :

— Eh bien, il semble que la recherche ici promet encore des moments divertissants.

Nous choisissons d'y revenir plus tard et d'aller faire une promenade dans le parc. Nous y menons une prospection minutieuse pendant plus de deux heures en scrutant chaque recoin à la quête d'indices. Nos explorations ne donnent rien de concret qui puisse nous mettre sur la piste du Puits de Sérénité.

Nous retournons à la grande plage, là où nous avons commencé notre journée. Maintenant, il y a beaucoup plus de monde qu'au début de la matinée, ce qui rend notre investigation plus difficile.

— Viens, Miros, on va dans cette cafeteria manger un bocadillo et réfléchir à notre prochaine étape.

Nous croquons dans notre jamón serrano en énumérant toutes les hypothèses possibles pour avancer. Les options s'étalent devant nous, chacune avec ses avantages et ses inconvénients. Plonger la nuit est risqué, toutefois cela pourrait rester notre seul moyen d'accéder à certaines parties de la piscine sans attirer l'attention. D'un autre côté, se fondre parmi la foule pourrait nous permettre d'observer les moindres détails, mais cela pourrait représenter une tâche ardue compte tenu de l'affluence.

— Écoute, la solution la plus sage serait de contacter un responsable. On lui explique notre histoire et on lui demande la permission d'aller dans la piscine.

Je prends une gorgée de ma boisson et réfléchis un instant.

— Tu as raison, Miros. C'est probablement la meilleure option. Si on peut obtenir l'autorisation officielle, ça faciliterait les recherches et on éviterait les problèmes avec la sécurité.

Nous nous dirigeons vers l'accueil. Au comptoir numéro 1, une charmante jeune fille est assise sur sa chaise haute. Son insigne arbore le joli prénom de Lara ainsi que le logo du parc. Cette indication me permet de la saluer familièrement. Elle semble surprise. Je m'amuse de la situation et lui dis :

— C'est écrit sur ton badge.

Elle se bidonne, ce qui m'entraîne à continuer dans cette veine en lui expliquant que je suis le plus grand fan de Siam Park et que je viens très souvent. Je lui affirme même que je détiens une carte de fidélité.

— Il est impératif que je m'entretienne avec un haut responsable, car j'ai quelque chose de très important à lui annoncer. Nous avons une idée pour une nouvelle attraction révolutionnaire, qui fait des loopings dans l'eau et donne des ailes aux dauphins.

Je tente de l'impressionner en prétendant avoir inventé des concepts de manèges loufoques. Cette démarche légère semble fonctionner, et je parviens à la faire marrer encore davantage. Pendant que je continue de raconter quelques âneries, Lara saisit son téléphone portable et envoie un message.

— Quelqu'un va venir vous voir.

— Sympa Lara, c'est cool !

Qui pourrait-il bien être ? Et comment allons-nous pouvoir le convaincre de nous aider dans notre mission ?

Dix minutes plus tard, un homme et une femme s'approchent de nous. Lui, me tend la main pour me saluer, je fais de même.

— Michel, directeur du parc.

— Enchanté, je n'en demandais pas tant.

— Faut savoir ce que vous voulez.

C'est vrai, je n'insiste pas. Nous nous présentons à notre tour. Enfin arrive le tour de la dame qui l'accompagne :

— Yolande, ma responsable de la communication.

Nous la saluons avec courtoisie.

— J'espère que vous ne nous faites pas venir pour rien.

— Monsieur le directeur, je ne suis pas un farfelu. J'me permettrais pas de vous déranger si je n'avais pas de raisons sérieuses.

Voyant l'intérêt dans ses yeux, je continue :

— On a constaté quelque chose d'étonnant dans le parc. Ça serait bien si on pouvait en parler dans un endroit discret.

— Venez, nous allons dans mon bureau, là-bas nous pourrons discuter en toute tranquillité.

Je me mets à raconter toute notre aventure, en détaillant chaque découverte faite jusqu'à présent. J'explique les événements qui ont conduit à ma conviction que quelque chose d'extraordinaire est lié au parc. Michel m'écoute attentivement, son visage montrant un mélange de scepticisme et de curiosité. À la fin de mon récit, il pose une question directe :

— Ne m'as-tu pas dit que tu n'étais pas un farfelu ?

— Monsieur le directeur…

— Appelle-moi Michel.

— Michel… vous devez me croire, tout ce que je viens de vous apprendre est véridique.

Michel ouvre un tiroir de son bureau et en sort une pipe qu'il allume. Un agréable parfum d'orange et de fleurs se répand dans la pièce. Yolande écoute attentivement, les bras croisés. Il me dit :

— Continue, je t'en prie.

Je détaille ensuite nos recherches, comment nous avons relié les différents éléments, et comment je suis venu à la conclusion que le Puits de Sérénité est probablement situé dans le parc, plus précisément à la plage « Siam Beach ». J'exprime ma conviction que cet endroit pourrait être la clé pour trouver le Puits de Sérénité et ainsi perpétuer la paix et la culture des Guanches.

Michel m'écoute attentivement, et une fois que j'ai terminé, il prend la parole :

— Le parc est ouvert depuis 2008, et je m'y suis impliqué dès le début. J'ai suivi de près les travaux et toutes les infrastructures qui ont été construites. Je peux t'assurer qu'aucun puits n'existe ici, et encore moins un quelconque Puits de Sérénité.

Ses mots sont pesants et décevants. Je ressens un mélange de frustration et de désillusion, néanmoins je reste déterminé.

— Michel, je comprends que c'est difficile à croire. Tout ce que j'ai découvert ne peut pas être une simple coïncidence. Il y a tant d'éléments qui font que…

La conversation prend une tournure inattendue lorsque Yolande intervient en interrompant Michel :

— Mais non ! Enfin Michel, ce n'est pas exactement ça, rappelle-toi. À l'endroit précis de Siam Beach, on a mis à jour un réseau d'acequias. Cela avait d'ailleurs retardé les travaux.

Michel se frotte le menton, semblant réfléchir.

— Ah oui, c'est vrai, dit-il en se souvenant. Quoi qu'il en soit, il n'en reste plus rien. Des milliers de mètres cubes de béton ont été coulés par-dessus pour les intégrer à la structure du parc.

— Mais non ! Enfin Michel, ce n'est pas exactement ça, rappelle-toi. Pour préserver les œuvres architecturales, la commission des travaux a décidé de façonner un coffrage autour des acequias.

Michel hoche la tête, réalisant la justesse des détails spécifiques dont Yolande parle.

— Oui, c'est vrai, admet-il.

Les souvenirs semblent remonter en lui alors qu'il comprend la portée de la discussion. Cette révélation ouvre une nouvelle perspective. Le réseau d'acequias pourrait bien avoir une importance plus profonde.

Michel est plongé dans ses pensées, il prend une décision :

— J'appelle Stevazi. C'est notre ingénieur hydraulique. Il maîtrise parfaitement les installations du parc. Et, en début d'année, il a refait une partie des revêtements de Siam Beach.

Il saisit son téléphone et compose rapidement son numéro. Pendant qu'il attend que la communication soit établie, il tourne son regard vers moi et Miros, comme s'il espérait que cette nouvelle piste puisse nous mener quelque part. Après quelques sonneries, Stevazi répond.

— Stevazi, t'es où ? J'ai besoin de toi, dit Michel d'une voix sérieuse.

— Je suis sur une chaise longue à Siam Beach en train de siroter un ron soda citron. Je surveille que les installations fonctionnent parfaitement.

— Est-ce que tu pourrais rejoindre mon bureau ? On doit discuter de quelque chose.

Michel raccroche et nous dit :

— Stevazi arrive d'ici quelques minutes.

Une lueur d'espoir brille dans mes yeux. Nous attendons l'ingénieur hydraulique, prêts à explorer cette nouvelle piste qui pourrait nous conduire au cœur du mystère du Puits de Sérénité.

Michel saisit son téléphone pour envoyer un message. Une jeune femme au sourire chaleureux entre dans le bureau.

— Bonjour, Morgane. Pourrais-tu nous apporter quelques collations ?

— Bien sûr, Michel. Que désirez-vous ?

Il commande un thé froid et se tourne vers moi :

— Et toi, Thierry ?

— De l'eau gazeuse, merci.

— Et toi, Miros ?

— Je prendrai bien une Dorada sin.

Yolande opte pour un verre de rosé avec des glaçons.

Morgane quitte le bureau pour satisfaire nos demandes, et l'atmosphère devient plus détendue avec la perspective de partager un moment convivial en attendant la venue de Stevazi. Justement, le voilà. Michel le convie à s'installer et lui explique brièvement le contexte de notre présence, puis :

— Stevazi, mets en ordre ta mémoire et dis-moi si tu as remarqué une zone étrange ou inhabituelle à Siam Beach, un endroit qui pourrait être intéressant à explorer.

Tout en sirotant son deuxième drink, Stevazi rassemble ses souvenirs en cherchant des indices ou des détails qui pourraient nous placer sur la voie.

— Écoutez, je suis responsable des installations hydrauliques depuis un moment. J'ai bossé sur toutes les rénovations et toutes les améliorations de Siam Beach en début d'année. Nous avons dû effectuer des travaux pour renforcer certaines zones du revêtement en béton autour des anciennes acequias. Il y a bien un endroit où nous avons fait des réparations plus importantes que prévu, car la dalle était abîmée et fissurée. C'était près du coin nord-est du bassin.

Nos regards se tournent immédiatement vers Stevazi. Ses mots semblent être la clé pour déverrouiller cette énigme. Michel s'empresse de poser la question qui nous brûle tous les lèvres :

— Stevazi, est-ce que tu as découvert quelque chose de particulier lorsque vous avez rénové cette zone ? Une entrée souterraine, un objet étrange, ou quelque chose qui ne correspondait pas au reste de la piscine ?

Il réfléchit un instant, comme s'il fouillait sa mémoire pour retrouver les détails de cette réparation. Il lève un doigt et dit :

— Oui, maintenant que vous en parlez, je me souviens de quelque chose de curieux. En retirant une partie du revêtement fissuré, on a découvert une cavité dissimulée, comme un petit tunnel ou une chambre. On a pensé que c'était peut-être une ancienne structure de drainage, mais ça ne ressemblait pas aux autres éléments que nous avions vus dans le parc. C'était étrange et nous n'avons pas eu le temps de prospecter davantage, car nous devions réparer rapidement le béton. J'ai pris quelques photos de la crevasse à l'époque, si ça peut vous servir.

— Comment on fait pour y parvenir ?

Stevazi réfléchit deux secondes :

— Pour atteindre cet endroit, vous devez passer par un regard de maintenance qui se trouve sous l'eau, près du coin nord-est de la piscine, là où on a fait les rénovations. Attention, j'vous préviens que c'est une zone difficile d'accès. Vous verrez une trappe cadenassée pour protéger un espace restreint et dangereux. Soyez très prudent quand vous y pénétrerez.

Mon cœur bat encore plus vite à l'idée que nous pourrions être sur le point de découvrir quelque chose d'incroyable. Nous remercions amicalement Stevazi pour ses informations précieuses.

— Quand est-ce que j'peux plonger dans la piscine ?

— Je te propose demain à 18 heures, dit Michel. Les derniers visiteurs seront partis. Vous serez tranquilles pour vos investigations.

— Merci, Michel. On sera trois.

— Parfait, je serai là.

Nous prenons congé et saluons chaleureusement Michel et Yolande pour cette formidable attention. Nous quittons le bureau avec un sentiment d'excitation et d'impatience. Nous aurons finalement l'opportunité de plonger dans la piscine et d'explorer cette cavité mystérieuse. En chemin vers la sortie, nous ne pouvons nous empêcher de nous réjouir de cette chance incroyable d'avoir été entendus et compris par les plus hauts responsables de ce lieu magique. Le Puits de Sérénité serait-il à portée de main ?

Smatta maraua, *mission accomplie*

Samedi 2 septembre, il est 17 h 30. Nous attendons devant les portes du complexe. Nous patientons jusqu'à l'heure de fermeture du parc. Je ressens à la fois de l'excitation et un sentiment d'insouciance. J'ai demandé à Dan et Shona de m'accompagner.

Ce sont les boss du club de plongée de Callao Salvaje, le *Paradise Divers Tenerife*. Ils sont expérimentés et ultra professionnels et je me sens confiant dans notre capacité à mener cette exploration en toute sûreté. Nous échangeons quelques regards complices en sachant que nous partageons une passion commune pour la découverte et l'aventure. Miros, fidèle à elle-même, affiche un sourire radieux malgré une légère lueur d'appréhension dans ses yeux.

Les portes se referment et les ultimes visiteurs quittent le site. Un agent de sécurité nous accueille pour nous guider vers Siam Beach.

Nous nous rapprochons de la piscine, je ressens une montée d'émotion. La dernière fois que je suis venu ici, c'était comme simple touriste. Aujourd'hui, je m'y aventure en tant qu'explorateur, prêt à percer les secrets enfouis au fond de cette piscine.

Lorsque nous arrivons devant le bassin, je m'arrête un instant pour l'observer avec fascination. L'eau cristalline qui s'étend à perte de vue captive mon regard.

Nous respirons une atmosphère étrange, à la fois paisible et mystérieuse. Nous revêtons nos équipements de plongée avec soin, nous assurant que tout est en place pour notre descente dans les abîmes.

Nous nous préparons à commencer notre expédition, je ressens de la gratitude envers Dan et Shona pour leur présence. Leurs années d'expérience dans le monde subaquatique nous permettront d'explorer en toute sécurité les profondeurs du bassin, en nous aidant à relever les défis techniques qui pourraient se présenter.

Nos phares en main, nous nous apprêtons à nous immerger. Nous échangeons un regard concentré et nous entamons notre descente en coupant calmement la surface. L'obscurité nous enveloppe alors que nous nous enfonçons encore plus vers le fond.

Les rayons de ma lampe percent la pénombre et éclairent le chemin qui révèle les contours de la piscine. Dan et Shona m'accompagnent en gardant le rythme à mes côtés. Nous explorons chaque coin et recoin en prenant la direction nord-est selon les indications de Stevazi.

Rapidement, nous repérons une structure maçonnée d'à peine un mètre carré, sur laquelle est posée une grille en acier inoxydable. Si la mémoire de Stevazi ne lui fait pas défaut, en dessous de cette grille se trouve une cavité, un tunnel ou une chambre, comme il l'a décrit.

Après avoir fait sauter le cadenas, Dan et Shona m'aident à soulever ce couvercle d'inox et le laissons tomber délicatement sur le côté. Nous pouvons désormais pénétrer dans ce trou qui, sous l'éclairage de nos lampes, donne l'apparence d'un souterrain. Les signes de la main que Shona et Dan dessinent m'avertissent qu'ils sont prêts. Je leur renvoie le même signe. C'est parti.

Il nous faut plus d'une vingtaine de coups de palme pour arriver dans une chambre de forme sphérique. Nous découvrons les acequias en question.

Nous effectuons des demi-tours sur nous-mêmes à la recherche d'une structure qui pourrait évoquer un puits.

Shona entrevoit un flanc rocheux à quelques mètres. Sa curiosité la propulse à sa base. Elle l'observe en détail, puis nous alerte avec sa lampe qu'elle braque dans notre sens en opérant des mouvements circulaires. Elle nous avertit que l'on doit aller à sa rencontre. Nous y sommes. Elle dirige sa lumière derrière la paroi. Shona a trouvé. Devant nous, à nos pieds, une excavation, dont nous ne voyons pas le bout, est forée dans le sol. Dan sort son fil d'Ariane. Il m'invite à pénétrer dans l'appendice. Je m'exécute en prenant conscience du privilège que j'ai.

Nous entamons une descente vertigineuse : onze mètres, douze mètres, quinze mètres. Enfin, un portillon creusé dans la roche volcanique nous arrête. Mon ordinateur indique dix-sept mètres. Nous le franchissons, et nous nous retrouvons dans une chambre au plafond voûté. Elle ne mesure que trois à quatre mètres carrés au plus. Au centre, nous remarquons deux petits bancs vraisemblablement taillés dans la pierre, l'un à droite et l'autre à gauche. Au milieu de ces deux assises se trouve un trou ! Son diamètre ne dépasse pas les 30 centimètres. Malgré la puissance des rayons émis par nos trois lampes, le fond de ce trou demeure indiscernable. Nous faisons quelques tours sur nous-mêmes pour vérifier qu'aucune nouvelle issue n'est apparente. Nous nous retrouvons sans aucun doute au bout du chemin, face au puits.

Dan me regarde. Ses yeux en disent long. Quelque chose comme : « *mon pote, tu viens de révéler le Puits de Sérénité.* »

Mon ordinateur indique que nous sommes immergés depuis 48 minutes et qu'il me reste seulement 60 bars d'air dans ma bouteille. Je communique mes paramètres à Dan et Shona tout en leur faisant signe que la plongée est terminée. Nous entamons une montée lente, pendant que Shona prépare son détendeur de secours, juste au cas où !

Après un palier de sécurité de trois minutes à une profondeur de trois mètres, nous faisons surface. Nous nageons jusqu'au bord de la piscine et sortons de l'eau. Michel et Yolande s'approchent rapidement, curieux de découvrir ce que nous avons rencontré.

— Le Puits de Sérénité est sous nos pieds, à dix-sept mètres de profondeur.

Le visage de Michel s'illumine et Yolande émet un petit cri d'excitation.

— C'est incroyable. Vous l'avez réellement trouvé ?
— Bien sûr, my love !
— Comment tu sais que c'est vraiment le Puits de Sérénité ?

— Ça ne laisse aucun doute, tout son pourtour est orné d'inscriptions anciennes. Je n'ai pas pu tout analyser, mais je suis certain que ce sont des écrits Guanches.

Michel s'adresse à nous avec une apparente émotion :

— Vous avez fait une découverte extraordinaire. Nous vous exprimons toute notre gratitude d'avoir partagé cette aventure avec nous.

— La mission n'est pas terminée, Michel. Je dois revenir avec la Lance de Paix pour l'engager dans le Puits de Sérénité.

Michel nous regarde tout excité :

— Tu veux dire que la Lance de Paix que vous avez récupérée doit être logée dans le Puits de Sérénité ?

Je hoche la tête en signe d'approbation :

— La tranquillité sera rétablie à Tenerife lorsque nous placerons la Lance de Paix là où elle doit être. Elle scellera le lien entre le passé et le présent, entre les Guanches et notre époque.

Michel acquiesce, semblant comprendre la signification profonde de cette démarche :

— Que penses-tu de demain soir ?

— Demain soir serait parfait. On doit finaliser cette chasse et refermer ce chapitre. Merci, Michel, pour ta bienveillance et ton soutien.

— C'est nous qui te remercions. Nous avons hâte de voir comment tout se conclura. Nous serons là.

Nous quittons le parc, conscients que cette soirée marquera une étape cruciale dans notre aventure. Nous arrivons à ma Seat et une étrange sensation d'excitation et d'apaisement m'envahit, nous sommes prêts à découvrir ce que le Puits de Sérénité révélera.

Dimanche 3 septembre 2023. C'est le moment d'aller déposer la Lance de Paix dans le Puits de Sérénité. J'ai décidé d'y aller seul.

Siam Park se retrouve vide et mystérieusement paisible. Le vent qui soufflait sur la piscine il y a quelques minutes s'est arrêté.

Il est 18 h 30 et le ciel reste encore d'un bleu intense. Je m'assois quelques instants au bord de l'eau, j'ai besoin de me concentrer et de méditer avant de sombrer dans les profondeurs. Miros, Michel et Yolande respectent cet instant.

Je m'équipe en enfilant mon néoprène, en fixant les plombs à ma taille, en chaussant mes palmes et en ajustant mon masque sur mon nez. Une fois prêt, je m'enfonce dans la piscine, pendant que Miros fait glisser dans l'eau mon gilet stabilisateur gréé de sa bouteille d'air que je porte rapidement sur mon dos. Je suis fin prêt à m'immerger. J'envoie un dernier signe à mes compagnons et à Miros. Un mélange d'émotions et de joie brille dans leurs yeux. Je leur adresse un sourire rassurant en sachant qu'ils partagent avec moi l'importance de ce moment.

La Lance de Paix dans une main, ma lampe torche dans l'autre, j'entame ma descente et me conditionne à effectuer le chemin de la veille.

Mon ordinateur indique huit mètres de profondeur, onze mètres, quinze mètres et enfin dix-sept mètres. Je franchis le portillon.

Je me sens prêt à finaliser ma mission. Ma gorge serrée et la lance fermement tenue dans ma main, je dois me résoudre à l'abandonner dans les profondeurs. Je la présente pointe en avant. En douceur, je relâche mes doigts pour la voir disparaître dans ce gouffre qui espère depuis des siècles. Elle s'enfonce crescendo dans les ténèbres du Puits de Sérénité.

J'attends quelques secondes en laissant les frissons qui m'envahissent se dissiper un peu, lorsque soudainement, d'étranges phénomènes commencent à se produire. Des éclats lumineux, blancs, jaunes et bleus étincellent tout autour de moi, créant une atmosphère magique. Une vive chaleur émane des profondeurs du puits. Des grondements inexplicables se font entendre. Des courants d'eau froide m'enveloppent brièvement, semblables à une caresse venue d'ailleurs. Ces sensations, ces manifestations semblent comme un remerciement, une réaction du puits lui-même à l'action que je viens de poser. C'est comme si l'essence du Puits de Sérénité avait ressenti ma démarche et y avait répondu d'une manière mystérieuse et intense.

Une myriade de poissons tourbillonne dans mon entourage. Des chernes majestueux se mêlent aux medregals enjoués, agrémentés de quelques alfonsinos et de dizaines de lubinas. De façon inattendue, un poulpe surgit de l'obscurité, il enroule doucement ses tentacules autour de moi, comme s'il désirait participer à une danse unique. En cet instant, une pensée attendrie pour Jérôme traverse mon esprit.

Je perçois ce spectacle comme une gratitude ultime, un cadeau final d'une rare beauté. Une délicate expression de reconnaissance m'émeut profondément.

Le temps est maintenant venu pour que j'amorce ma remontée pour rejoindre la surface. Les poissons disparaissent dans les abîmes comme ils sont arrivés.

Miros, Yolande et Michel m'accueillent avec un mélange de joie et de curiosité dans leurs regards. Je sors de l'eau, les yeux pétillants. Ils se précipitent vers moi, me ceignant de leurs bras dans une étreinte chaleureuse et réconfortante.

Je me débarrasse de ma bouteille et de mes plombs, retrouvant progressivement le poids et la réalité du monde qui m'entoure.

Yolande partage son observation :

> — Nous avons ressenti des mouvements, comme si quelque chose de puissant était en train de se produire. L'atmosphère a changé, le ciel s'est voilé de noir pour regagner son bleu éclatant en l'espace de quelques minutes. Des vents ont tourbillonné puis se sont apaisés presque aussitôt. C'était à la fois magique, inquiétant et féerique.

Les mots peinent à décrire l'intensité de cette expérience, mais le sentiment partagé dans ce moment en dit long.

Je la regarde et lui dis, avec un sourire ému :

> — Sous l'eau aussi, j'ai assisté à des phénomènes étranges. J'ai ressenti des sensations de bien-être et de connexion profonde, quelque chose de puissant et d'énigmatique s'est déroulé autour de moi.

C'est comme si Magec, Acahaman, Guayota et Chaxiraxi s'étaient unis pour renouer la relation entre les anciennes légendes et notre réalité présente, comme si les dieux Guanches eux-mêmes avaient reconnu et approuvé notre quête.

Je reste certain que cela aura de belles conséquences pour Tenerife. Notre découverte et notre lien renouvelé avec les traditions et les mystères de l'île pourraient ouvrir de nouvelles perspectives pour la préservation de son patrimoine et de son héritage culturel. En tout cas, j'en suis convaincu.

Amierat maraua, *la Familiamigo*

Le lendemain, je reçois un message sur mon mobile. Efraín m'écrit :

Rendez-vous demain à 14 h,
nous allons pique-niquer dans
la forêt d'Anaga

La ubicación accompagne son message et le lendemain, nous prenons la direction du nord-est. À 13 h 30, nous laissons la sortie de La Laguna sur notre droite et continuons à rouler vers le parc rural. Miros reste toute excitée à l'idée de déjeuner en plein air avec nos amis. À 14 heures, nous arrivons. Tout le monde est là, ils se sont rassemblés en groupe et m'attendent avec l'une des plus belles surprises que je n'aie jamais reçues.

Les neuf Menceys de Candelaria m'accueillent :

Acaimo, Adjoña, Añaterve, Bencomo, Beneharo, Pelinor, Pelicar, Romen et Tegueste.

Et aussi :

Tibo, Timoteo, Mo et ses trois bouteilles de whisky. Yo, Ali, Miroslava, Miquaelo et Caty, Romulo et Belen, Nazareth, Ludwig et sa charmante hôtesse Catwoman. Christophe (sans son parachute ascensionnel), Naty et sa valise, Paulego et sa nouvelle voiture, Montse et Javi.

Ils sont tous là et voici qu'approche Muriel avec deux tablas de quesos, Teobaldo et Tere, Dan et Shona, Job, Eliam, Moïse, Fernando, Yael, Lucas (sans Fabiano). Jérôme avec du piment d'Espelette, Morgane, Jessy qui vient de débarquer sur une brouette à propulsion thermique. Allez savoir pourquoi ! Et aussi Angie, Marina, Lara, Michel et Yolande, Stevazi, Dayara, Saturnino et Carmen, et... Efraín.

Nous partageons quelques chuletas de cordero, salchichas, des papas arrugadas con mojo rojo, du queso de cabra et évidemment, une succulente tarta de la abuela.

Nous finissons à peine notre dessert que Acaimo et Adjoña apparaissent à mes côtés.

— Alors, Thierry ? Pas si compliqué cette mission. On t'a aidé comme on a pu. Tu as bien reçu le livre sur la mythologie Guanche, n'est-ce pas ? Grâce à toi, Achinech a commencé à retrouver un peu de sérénité. Et, nous verrons encore des évolutions prochaines pour quelques décennies. Nous en sommes sûrs.

— Vous savez, ce défi que vous m'avez confié n'a pas été simple à accomplir. J'ai eu beaucoup d'épreuves à surmonter et de moments d'incertitude, mais aussi de persévérance et d'apprentissage.

— Nous avons déjà remarqué beaucoup de changements importants. Il est notable que les méfaits mineurs, tels que les vols à la tire et de sacs à main, qui représentaient une préoccupation majeure, connaissent désormais une diminution significative. Les actes qui pouvaient ternir l'expérience des visiteurs et générer des appréhensions ont régressé, contribuant ainsi à créer un environnement plus sûr et accueillant. Les inquiétudes légitimes des résidents ont cédé la place à un sentiment de quiétude et de confiance. Les cambriolages de domiciles, tout autant que les autres délits, semblent suivre cette tendance à la baisse. Les craintes qui pesaient sur la sécurité des foyers et la tranquillité des habitants se dissipent progressivement. Les portes forcées et les biens précieux dérobés sont de moins en moins courants. Les embouteillages qui paralysaient les routes ont maintenant cédé la place à une circulation fluide. Les files de véhicules qui se déployaient sur ces routes, autrefois sources de frustration, ont cédé la place à une circulation plus rapide. Les klaxons stridents et les temps d'attente ont laissé la voie à un déplacement plus efficace et harmonieux. La Guardia Civil enregistre bien moins de fraudes à la carte de crédit. Tu sais, ce petit bout de plastique avec lequel tu peux acheter tout et n'importe quoi. Les rues de Las Americas, qui étaient en pleine effervescence et trop souvent incertaines, sont à présent plus paisibles et sereines. Il est devenu évident que les chantiers de construction en béton, qui résonnaient d'une activité fébrile, ont ralenti. Les puissantes machines qui façonnaient jadis le paysage urbain avec leur ballet incessant paraissent maintenant reposer. Les bruits assourdissants des marteaux-piqueurs se sont calmés, laissant place à une atmosphère plus tranquille et contemplative. Les incidents de vols perpétrés à l'intérieur des véhicules ont fortement diminué. Les craintes qui auparavant pouvaient hanter les propriétaires de voitures semblent s'apaiser. La mer elle-même a retrouvé sa douceur tant séduisante. Les âmes vaquent paisiblement à leurs occupations. Un air de quiétude règne sur Achinech, comme si nos actions avaient déclenché un effet bienfaisant sur l'île tout entière. Reflétant une scène plus calme dans les cieux, les oiseaux de fer ont sensiblement réduit la cadence perpétuelle de leurs danses au-dessus de nos somptueuses montagnes. Et bien d'autres choses encore.

— Oui, je les ai remarqués aussi.

— Tu as accompli un travail exceptionnel. Nous pouvons dorénavant avancer en toute tranquillité, permettant ainsi à chacun de savourer l'instant présent et d'avoir l'esprit paisible, bercé par cette mélodie apaisante du ciel. Ton dévouement est admirable, et grâce à tes efforts, nous pouvons désormais envisager l'avenir avec sérénité, confiants en un horizon plus doux.

Ils me prennent dans leurs bras et me serrent fort. Je m'empare de ce cadeau comme un témoignage d'affection sincère et chaleureuse.

Nous passons l'après-midi à nous remémorer cette formidable aventure, à rire et à être émus. Nous chantons aussi sur des airs de guitare improvisés par Timoteo et Efraín.

Désormais, notre fraternité porte un nom.

La FamiliAmigo de Tenerife.

À tout jamais…

Gracias

À Tenerife de m'avoir accueilli.

Vous ne m'entendrez jamais dire :

« Mon île est belle ! »
« Aujourd'hui, je vais aller voir mon Teide ! »
« La plus belle île du monde c'est la mienne, Tenerife ! »
« Je suis pressé de retourner sur mon île ! »

Je ne suis pas sur mon île. Je vis sur l'île que Los Isleños y Las Isleñas ont bien voulu mettre à ma disposition, si tant est que je m'y insère convenablement, que je les respecte et que je respecte leur terre.

Je remercie ma **FamiliAmigo** qui m'a accueilli il y a 10 ans. Ils m'ont adopté comme si j'étais un des leurs. Un peu comme un « *bébé Guanche* ». Ma famille de cœur avec qui de forts liens se sont tissés tout au long de ces années.

Merci à mes amis d'ici et aux autres venus de divers horizons. Tous ont la même philosophie que moi. La même vision de Tenerife et de ses origines. Le même respect aussi.

Épilogue

Le soleil se couche délicatement sur l'horizon en projetant des teintes chaudes et dorées à travers le ciel. Les derniers rayons illuminent les vagues qui viennent caresser doucement le rivage de Tenerife. Assis sur une plage, je contemple cet instant magique, songeur.

L'aventure que j'ai vécue sur cette île m'a transformé à jamais. Les mystères des Guanches, la quête du Puits de Sérénité, la découverte du lien entre le passé et le présent ont laissé une empreinte intense dans mon esprit et dans mon cœur. Je repense à toutes ces rencontres, à toutes ces découvertes, à tous ces moments de joie, de doute et de fascination.

Tenerife, cet archipel envoûtant, m'a offert bien plus que je n'aie pu l'imaginer. Elle m'a donné des amitiés sincères, des expériences inoubliables, et une profonde connexion avec son histoire, sa nature et sa culture. Je suis reconnaissant d'avoir été accueilli par cette île et par ses habitants avec tant de chaleur et d'ouverture.

La FamiliAmigo de Tenerife est devenue une réalité bien ancrée dans ma vie. Cette fraternité, née de notre ambition commune et de notre amour pour cette île, continue de nous unir.

La Lance de Paix a été introduite dans le Puits de Sérénité, scellant ainsi un lien sacré entre les époques et les cultures.

Et je crois que les dieux Guanches veillent toujours sur cette terre en guidant ceux qui la respectent et la chérissent.

Le soleil disparaît complètement derrière l'horizon et je sais que l'histoire de Tenerife, son mystère et sa beauté continueront de m'accompagner, où que je sois. Et quand je ferme les yeux, je peux encore ressentir le souffle de l'île, comme une douce caresse.

La ultima

Le moment est maintenant venu de revenir à la vie normale. Les souvenirs de ces dernières semaines restent bien ancrés dans mon esprit, mais les obligations du quotidien regagnent leur place. Les rendez-vous professionnels, les projets à gérer et les responsabilités qui m'attendent au bureau me signalent que le temps ne s'arrête pas, même après ces péripéties extraordinaires.

Demain, je retournerai à mon business où l'équipe est prête à reprendre le rythme habituel. Je ressens un mélange d'excitation et de nostalgie en repensant à toutes les découvertes que j'ai faites et aux amis que j'ai rencontrés. Cependant, je sais que ces souvenirs resteront à jamais gravés dans ma mémoire et me rappelleront constamment l'importance, pour moi, de l'aventure et de l'exploration.

Cet après-midi, je décide de m'accorder une sortie en mer. L'océan, fidèle compagnon de mes moments de réflexion, m'invite de nouveau. Je prépare mes affaires avec soin, vérifiant mon équipement de plongée. Avant de partir, je prends Miroslava dans mes bras en l'admirant avec un sourire mêlé de tendresse et de gratitude. Son regard en dit long, un mélange de compréhension et de soutien.

Elle me donne un délicat baiser, comme si elle voulait sceller nos aventures passées et futures. C'est un moment de connexion profonde, où les mots n'apparaissent pas nécessaires.

Je monte dans ma voiture et me dirige vers le port de Las Galletas. L'air salin me caresse le visage et m'apporte un sentiment de liberté. Aujourd'hui, j'ai choisi de plonger sur le Condesito, un site sous-marin que je connais bien. Le Condesito est une épave de 30 mètres de long, échouée au large de la pointe sud de l'île de Tenerife en 1971. Fragmentée en plusieurs morceaux, elle se trouve au fond d'un canyon de 20 mètres de profondeur. Fréquenté par une vie océane abondante, l'endroit n'est pas si éloigné de la côte et il abrite de nombreuses pieuvres, de seiches et d'énormes poissons-trompettes.

J'arrive au port de Las Galletas, un lieu familier qui me rappelle tant de sorties en mer. Je stationne mon véhicule à proximité, déjà impatient de m'aventurer dans les eaux qui m'ont toujours offert une sensation de liberté incomparable. Mon Zodiac m'attend sagement en flottant doucement à la surface, comme un compagnon fidèle prêt à m'accompagner dans cette nouvelle escapade.

J'enfile ma combinaison, puis j'adapte chaque détail pour qu'elle soit parfaitement ajustée à mon corps. Je prends le temps de vérifier mon équipement en m'assurant que tout fonctionne comme il se doit. Les palmes, le masque et le tuba, tout est paré pour une plongée en toute sécurité. Je charge mon pneumatique de tout mon attirail. La caméra sous-marine, la lampe torche, les outils de mesure et les carnets de notes sont prêts. Chaque objet a sa place, chaque élément reste essentiel pour capturer les merveilles du monde subaquatique et garder une trace de mes observations.

Je jette un dernier regard autour de moi en prenant une forte inspiration. La mer m'appelle, elle murmure des promesses d'aventure et de découverte. Je peux maintenant m'installer à bord du Zodiac. Les vagues douces bercent mon embarcation avec légèreté, comme si elles me saluaient. Je démarre les 400 chevaux et navigue lentement loin du port pour rejoindre les eaux plus profondes.

Je m'éloigne de la terre ferme, le vent salé caresse mon visage. Tout devient calme et serein, comme si la mer elle-même se trouvait en communion avec mon désir d'exploration.

La surface turquoise s'étend à perte de vue, une toile infinie qui cache un monde fascinant. Le moteur du Zodiac ronronne doucement, comme une mélodie apaisante. Je suis sur le site en un quart d'heure. Je jette l'ancre avec soin, m'assurant que le pneumatique est bien amarré. Je me prépare à m'immerger.

Une fois équipé, je m'abandonne dans l'océan et me laisse glisser le long du mouillage jusqu'à atteindre une profondeur de vingt mètres. La clarté de l'eau me permet d'observer les rayons du soleil qui percent la surface et créent un jeu de lumières et de lueurs fascinant.

À une dizaine de mètres devant moi, l'ombre familière du Condesito se dessine. Son allure majestueuse attire mon regard, et je me dirige vers lui pour entamer ma balade autour de cette épave chargée d'histoire. Les détails du bateau, les formes rouillées et les traces du temps qui passe sont autant de témoins silencieux de son récit.

La luminosité solaire donne au Condesito une silhouette presque irréelle, comme si tout s'était figé autour de lui. Je m'évertue à explorer chaque recoin pour admirer la faune qui a investi les lieux.

Un objet sur le flanc ouest de l'épave, à une distance d'à peu près quinze mètres de ma position, capte mon attention. Sa forme étrange, son apparence lustrée et ses dimensions d'environ 160 à 170 centimètres de longueur m'intriguent. Sa silhouette fine et oblongue se détache visiblement, accentuée par sa couleur opaque. Cet élément attire mon regard et me pousse à envisager la possibilité qu'il s'agisse d'un déchet, certainement un sac poubelle qui vient souiller, à regret, ces eaux d'une grande valeur.

Déterminé à intervenir, je me dirige vers cette forme avec la ferme intention de la récupérer et de la remonter à la surface. Je ne peux pas laisser un morceau de plastique contaminer ce merveilleux écosystème sous-marin.

Cependant, la puissance des courants me joue des tours, emportant l'objet hors de ma portée.

Je redouble d'efforts, je palme plus rapidement pour essayer de rattraper cette chose qui dérive sous l'eau. Les mètres défilent, et je me rends compte que je me trouve maintenant à une profondeur de quarante mètres mais mon souci pour l'environnement et mon désir de préserver ces eaux cristallines me poussent à continuer.

L'objet s'immobilise, à moins de cinq mètres de moi. Je suis à bout de souffle, cependant la détermination me guide. Mon ordinateur de plongée indique 42 mètres de profondeur, et je prends une fraction de seconde pour vérifier ma situation.

Avec précaution, je tends mon bras vers cet OMNI qui repose maintenant sur le sable. Je m'approche lentement, centimètre par centimètre, jusqu'à ce que je sois à quelques dizaines de centimètres de la chose mystérieuse. Mon cœur bat fort dans ma poitrine alors que j'essaie de l'attraper.

Chaque instant semble durer une éternité. Je m'avance encore plus, il reste moins de 30 centimètres. Mon bras s'étire, mes doigts s'ouvrent. Je vais pouvoir la saisir.

Dimanche 10 septembre 2023, 17 h 50. Le carillon de l'entrée retentit. Miros s'y rend d'un pas décidé. Elle accueille deux agents de la Guardia Civil qui attendent. Ils échangent quelques mots et après un court moment, les officiers quittent la finca. Miros referme le portail.

— *Bonjour, c'est Miros.*
Je me vois contrainte de terminer ce livre. La Guardia Civil vient de m'avertir d'une bien triste nouvelle. Thierry est parti plonger avant-hier. Les gardes-côtes ont retrouvé son Zodiac à 0,25 mille du rivage en face de la punta Salema. Il était vide. Ils n'ont trouvé aucune trace de mon chéri. Les agents m'ont annoncé qu'ils avaient effectué des recherches sur un large périmètre entre jeudi soir et ce midi. Leurs efforts pour le localiser n'ont malheureusement pas abouti. Il n'y a plus aucun espoir de le retrouver vivant. Thierry était un homme passionné, déterminé et attachant. Son amour pour Tenerife et ses habitants demeurait palpable. Thierry le disait souvent. Le jour où je partirai, je veux que mes cendres reposent dans un écrin de résine, fixé dans une niche de roche à une profondeur de 20 mètres.

Même si nous n'avons pas retrouvé Thierry, nous avons déposé une plaque en époxy contenant sa photo à l'endroit qu'il désirait. Javi et Montse ont réalisé son vœu, à l'emplacement précis où Thierry avait effectué sa première plongée à Tenerife en leur compagnie. À Las Eras.

C'était il y a treize ans, jour pour jour.
Le hasard n'existe pas !

172

Glossaire

1 : John Fitzgerald Kennedy - 20 Janvier 1961

2 : Puffin de Scopoli : Oiseau présent dans les zones côtières de Tenerife - Il est facile d'apercevoir le puffin de Scopoli (Calonectris diomedea) sur la côte de Tenerife, notamment dans les Roques de Anaga. Cet oiseau vole à basse altitude même par vents forts et habite les îles Canaries entre février et novembre. Il élève ses petits dans les crevasses des falaises et les roques, ainsi que dans certaines régions de l'intérieur des terres. Aux habitudes nocturnes, il est possible d'entendre, au cours des premières heures de la nuit, les curieux sons gutturaux qu'il émet, ressemblant à des murmures ou des pleurs. Il convient de souligner que le puffin de Scopoli fut élu oiseau de l'année 2013 par la Sociedad Española de Ornitología SEO/Birdlife (Société espagnole d'ornithologie). www.webtenerifefr.com

3 : Citation de Christophe Colomb

4 : Objet marin non identifié

Abuela : grand-mère

Acahaman : (les cieux), Le bon dieu, le dieu de la chance et de ce qui est bénévole

Acequias : canal à ciel ouvert pour conduire l'eau d'irrigation

Achamán : dieu du ciel

Achinech : ou Achined ou Achineche était le nom donné par les aborigènes Guanches à l'île de Tenerife.

Agua con gas : eau pétillante

Alcalde : maire de la commune

Alfonsino : poisson. Dorade rose ou béryx commun

Almendrados : biscuits fait avec des amandes hachées, de la farine et du miel ou du sucre cuit au four

Almogrote : spécialité de l'île de La Gomera dont la texture est proche de celle d'un pâté, réalisée à partir de fromage sec

Amen, y que disfruten ! : : Amen, et bon appétit !

Amigo : ami

Amigos míos : mes amis

Amor : amour, chérie, chéri

Arriba, abajo, al centro y pa dentro : pour trinquer : en haut, en bas, au centre et dedans

Artesanal : artisanal

Auchón : grotte aménagée comme habitation ou grange

Autopista del Sur : Autoroute du Sud

Avenida : Avenue

Ayuntamiento : mairie

Barranco : ravin

Barraquito : boisson sucrée présentée en couche à base de café, de lait concentré, de liqueur et mousse de lait

Bocadillos de jamon y queso : sandwich jambon et fromage

Bueno : bien ! bon !

Buenos dias : bonjour

Cabras : chèvre

Cabrito : petite chèvre, bébé chèvre

Cállate ! : tais-toi !

Calle : rue

Cardón : ou euphorbe est un arbuste vivace endémique des îles Canaries

Carretera : route

Cariño : mon cœur, chérie, chéri

Casa del volcan : maison du volcan

Chacerquen : espèce de miel obtenue à partir du yoya, fruit du mocán

Chaxiraxi : déesse, mère du soleil

Cherne : poisson de la famille des mérous

Chicharreros : habitants de Tenerife

Chuleta de cordero : côte d'agneau

Chuleton de ternera : côte de bœuf

Chupito : petit verre à digestif

Codeso : genêt de Tenerife

Compartirons : du verbe espagnol compartir : partager

Corazón : cœur - mi corazón : mon cœur

Disfrutar : profiter

Diablo : diable

Disculpame : excusez-moi

Dorada sin : dorada (bière) sans alcool

Drago : dragonnier (arbre)

Encantado de conocerte : enchanté de faire votre connaissance

Eres : tu es

Escaldón de Gofio : recette ancienne et traditionnelle de Tenerife obtenue en faisant bouillir un bouillon de viande ou de poisson qui, par la suite, est versé sur le gofio

Escúchame Amor : écoutes-moi chérie, chéri

Fiesta : fête

Finca : propriété, maison de campagne

Flan de leche condansada : flan au lait concentré

Gánigos : récipients en argile

Gecko : perenquén, lagarto, lézard

Gofio : farine de céréales grillées

Gracias tio : merci cousin, merci copain

Guachinche : taverne typique de Tenerife

Guanche : peuple autochtone des îles Canaries

Guapa : belle, beauté

Guardia civil : équivalent de la gendarmerie nationale

Guayota : divinité maléfique en forme de chien de la culture Guanche

Heladería : glacier, vendeur de glace

Higo pico : figue de barbarie

Hijo : fils

Holà : bonjour, salut

Horno : four

Señor : monsieur

Igualemente, es un placer : également, c'est un plaisir

Isla : île

Los Isleños y las Isleñas : les Canariens et les Canariennes

Joder, qué demonios es ? putain, c'est quoi ce bordel ?

176

Juntos : ensembles

Lapas : mollusque, patelle, bernacle, chapeau de gendarme, chapeau chinois

Lubina : poisson. Bar commun

Magec : (le soleil) Dieu suprême et créatif

Medregal : poisson. sériole, sériole couronnée ou plus communément limon

Mencey : roi Guanche

Menceyato : domaine, terre du Mencey

Mercado : marché

Mi amor : mon amour, mon chéri, ma chérie

Mi vida : ma vie

Mirador del río : point de vue sur la rivière

Mocán : arbuste endémique des îles Canaries et de Madère

Mojo picón : sauce piquante

Mojo rojo : sauce épicée à base d'huile, d'ail, piment, cumin, sel et poivron rouge

Mojo verde : idem que mojo rojo mais le poivron rouge est remplacé par du persil ou de la coriandre

Muchas gracias : merci beaucoup

Municipio : municipalité, commune

Novio : fiancé, compagnon

Paisajes lunares : paysages lunaires

Padre : père

Papas arrugadas : pommes de terre ridées (cuites à l'eau)

Paseo : promenade, passage

Pero bueno ! : mais bon !

Pimientos de padrón : piments de Padrón (Padrón est en Galice - Espagne)

Pina : ananas

Pollo al ajillo : poulet à l'ail

Por supuesto : évidemment

Pozo : puits

Pueblo : village

Pues : alors, bon, et bien, voilà

Pues, ya está ! Ya veremos mañana, es la hora. El trabajo ha terminado por hoy : voilà, c'est fini ! On verra demain, c'est l'heure. Le travail est terminé pour aujourd'hui

Pulpito : petit poulpe, pulpo : poulpe

Punta : pointe

Quesería : fromagerie

Quesillo : flan au caramel

Queso de cabra : fromage de chèvre

Ron : rhum

Salchichas : saucisses

Salmorejo : le salmorejo canarien est une sauce à base de paprika, d'ail, de piment, d'huile d'olive et de vinaigre

Salpicón de pulpo : émincé de poulpe auquel on ajoute des poivrons rouges, des verts et de l'oignon, de l'huile, du vinaigre et du paprika. Se mange froid

Savia : plante herbacée vivace de la famille des Laminacées

Si : oui

Soy : je suis

Tabaiba : espèces d'arbustes du genre Euphorbia

Tablas de quesos : plateaux de fromages

Tabonas : pierre aiguisée, utilisée par les Guanches comme instrument de coupe ou comme arme

Tajinaste : espèces arbustives du genre Echium, principalement endémiques des Canaris

Tamarcos : peaux tannées de chèvre ou de brebis

Tarta de la abuela : gâteau à base de biscuit, crème pâtissière, crème au chocolat, cannelle, orange et citron

Tinerfeño, Tinerfeña : habitant(e) de Tenerife

Tortilla : omelette

Ubicación : localisation

Ultima : la ultima : la dernière

Y que disfruten : et de profiter, profiez-en

Explications sur les chapitres

L'une des premières mentions des anciens chiffres insulaires correspond aux informations recueillies par une expédition envoyée aux îles Canaries en 1341. Vers 1342, le récit du voyage de l'un de ses capitaines, Niccoloso da Recco passe en revue ce qu'il a constaté. Le document, écrit en latin, dit que « *Ils ont des nombres comme nous, et ils mettent les unités avant les dizaines de cette façon* » : 1 uait - 2 smetti - 3 amelotti - 4 acodetti - 5 simusetti - 6 sesetti - 7 satti - 8 tamatti - 9 aldamorana - 10 maraua - 11 uait maraua - 12 smatta maraua - 13 amierat maraua - 14 acodat maraua - 15 simusat maraua - 16 sesatti maraua

Sources
- *De Canaria et insulis reliquis ultra ispaniam in occeano noviter repertis.* de G. Boccaccio
- *'Ad insulas ultra Hispaniam noviter repertas' : el redescubrimiento de las islas atlánticas* de Giogio Padoan
- *Breve resumen y historia muy verdadera de la conquista de Canaria* de Antonio CEDEÑO chez F. Morales Padrón Edition.